虚度·何为理想生活

祝小兔、宽宽

主　编

中信出版集团 · 北京

图书在版编目（CIP）数据

虚度：何为理想生活 / 祝小兔主编. -- 北京：中信出版社, 2018.3（2018.5 重印）
ISBN 978-7-5086-8476-5

Ⅰ. ①虚… Ⅱ. ①祝… Ⅲ. ①散文集 中国 当代
Ⅳ. ①I267

中国版本图书馆 CIP 数据核字 (2017) 第 313989 号

虚度 · 何为理想生活

主　　编：祝小兔
出版发行：中信出版集团股份有限公司
（北京市朝阳区惠新东街甲 4 号富盛大厦 2 座 邮编 100029）
承 印 者：北京利丰雅高长城印刷有限公司

开　　本：710mm × 1000mm 1/16　　印　　张：14　　字 数：225 千字
版　　次：2018 年 3 月第 1 版　　印　　次：2018 年 5 月第 2 次印刷
广告经营许可证：京朝工商广字第 8087 号
书　　号：ISBN 978-7-5086-8476-5
定　　价：56.00 元

序：靠双手造一片星辰大海！

赵潇爽 “好好虚度时光”联合创始人 | 文

这是“好好虚度时光”公众号的第一本书，集结了十八位这个时代还在靠双手吃饭的年轻人。

这些人所仰仗的技艺是什么，开的隐世小店或出产的货品是否受到追捧，有没有取得现实中巨大的成功，都不是他们入选本书的标准。

因为执着于外相，常常会偏离本质。

是否在有限的生命里不停止探索自我，是否敢于在繁华世间的众多诱惑前坚持做干净纯粹的自己，是否热火朝天地生活却又对现实之上的世界充满好奇——这是“虚度”系列书选择人物的标准。

本书收录的这些靠双手过活的人，过去大抵和你我一样，是城市里某个格子间的一员，如果不曾出离，如今也会在那个更大众的世界过着不错的生活。

可是，有幸或不幸地，他们都在人生中的某个瞬间，意识到当下的生活无以为继。因为它太抽象、整齐，依赖某个平台，依赖和人的关系。那是条最多人走的路，但并不意味着适合每个人。

大理农场主小丽，曾经是北京的一位首饰设计师；草木染手艺人往夕，曾是出版社编辑；茶人伍宝，做过教师、广告公司策划总监，也开过客栈；素皂手艺人如一，参加过环球小姐选美，在北京做过行政；摄影师青简，在平行世界做着医生的工作；善本再造手艺人周小舟，做过十三年记者……

在生命中关键的阶段，放下曾经的一切光芒，回归到靠双手过活的日常，或许正如“80后”陶瓷人偶设计师胡晏荧所说：“不是打心眼里认可的事是不可以做的，会长出鬼鬼祟祟的气质，然后一辈子就完蛋了。”

靠手艺为生是世界上最正直的职业。一星半点的投机耍滑，都会在作品中成倍放大。

系列书取名“虚度”，它的内涵绝不是给好逸恶劳、虚掷光阴找一个有情怀的借口。因为在主流大众高歌猛进、狂打鸡血的时代，这些人的生活在许多人看来，是一种无用的“虚度”。它真正的内涵是什么？相信读者自有甄别。

在我眼里，“虚度”如同“无用”，是在一片欲望中一个散淡的存在，犹如开一扇窗，吹进一些不同方向的风。它的存在，为了以下这些信念，持续不懈发出一点微光：

人生于世，需得有一份技艺。它是心安住于当下的居所，是人行于世间最踏实的护持，是个体联通世界的桥梁，是我们在这茫茫宇宙中的坐标系。

在你真正享受的技艺里，时光才算被好好虚度；否则，生命将是一场彻底的浪费。花一切可用的时间去打磨这技艺，它不只指一门手艺，还是一份天赋、一种能力、一门学问、一项艺术……它们会安抚你浮躁疲惫的心，日复一日，最终生出你独特的生命哲学。

唯有那些于眼前和现实而言的无用之事，构成了我们生而为人的趣味。

“我们于日用必需的东西以外，必须还有一点无用的游戏与享乐，这样生活才觉得有意思。我们看夕阳，看秋河，看花，听雨，闻香，喝不求解渴的酒，吃不求饱的点心，都是生活之必要。”

虽然这段话有烂大街之势，可也反映了在这个事事需有用的世界，人们内心对生之趣味的渴求。

梁启超说：“我以为凡人必须常常生活于趣味之中，生活才有价值，哭丧着脸过几十年，那么生活便成沙漠，要他何用？”凡趣味第一原则便是“无所为而为”，不为什么而做，这件事本身就是目的。不要将当下的生活当作一种手段，它们不是为了通向未来的美好生活。生活的目的，就是生活。

而现在的每一天，对余生而言，都是黄金时代。去做热爱的事，去做对他人和世界有价值的事，这是让这无意义的人生，变得有意义的唯一途径。

做热爱的事，并不意味着一切苟且行将消失，而是当面对一切苟且时，变得心甘情愿，继而心平气和。

做热爱且对别人有价值的事，应该作为人格底线被坚守，犹如再穷困也不去偷抢的道德底线一样，人生万难之时，也不逼迫自己去做厌恶和损害他人的事。

人生从不会变得更好，也不会更坏，我们所有的努力，都是为了让面对一切境况的心念，更加平静愉悦。

这十八个人，他们饱满的生命，无一不在诠释以上的信念。

与其追逐，不如自得其乐；手造一个世界，那里也有一片璀璨的星辰大海。

编者序：造物的一双手

祝小兔“好好虚度时光”联合创始人｜文

活得时间越长，越觉得手艺最珍贵；越是长途跋涉，越是想要返璞归真。人类的祖先喜欢手作，历经三百万年的化石显示祖先们已经可以手握工具，开始创作性工作。用手造物，是我们流淌在血液里的基因，重视创造精神是人类的本质。

十指连心，它们很敏感，对应着人的心脏。我们有多少美好的瞬间都是从双手开始的。比如从牵手开始的美好的恋爱，手传递了温热的体温，传递了心跳的加速，传递了微微出汗的忐忑，还传递了触电般的心悸。《人鬼情未了》最经典的桥段，就是男女主人公一起用手做陶罐，黏土胚沿着手指转动，起伏，升高，尽管整个过程中他们没有讲话，我们却能从十指相交中感受到深深的爱意，那陶泥布满的两双手意味着一种同甘共苦、相濡以沫。

对于艺术家来说，最难画的人体部位就是手。因为手太灵活，很难捕捉它的某个固定瞬间，且人手上的太多微小的肌肉组织，很难被描绘详尽。正是如此，才会有达·芬奇、丢勒这般大师留下的与手有关的众多习作。手作和大生产最大的不同就是包容了人用手触摸、改造的过程。手是如此复杂的机关，手的劳作是随机的，是不确定的，没有两个手工制品是完全一样的。颜色、阴影、纹理、形状和差异是手作制品中固有的。

我们每天都在选择，对于你喜欢的人，你更愿意收到一封手写信，还是一条被复制粘贴而来的电子短信？无论是什么，当它是用心做的，都会变得更美丽，哪怕有不完美的缺陷。我们不会觉得外婆织的毛衣不如机器的编织，即使这件毛衣的编织没有那么平整。长大后，尽管可以买到更多更贵的衣服，却永远觉得那件外婆亲手织的毛衣最为珍贵。

流俗易传，高雅失传，手作正在这个时代消失，因为它们在很多人眼里不够高效，不够经济。我们在做的事情，是记录那些沉默寡言的人，用手在与这个时代的喧嚣博弈，他们每个人无不怀着一颗滚烫的心，无不对朴素的生活无比向往。

造物犹如登山，需要体力和脑力都付出巨大代价。热爱登山的人，就会乐意挑战险峻，造物的人也不甘于平庸。虽然无限风景在顶峰，你却可以在登山过程中得到更多体会，正如造物的人在过程中修炼，让所有的情感都通过双手的劳作被传递。

英文有一句话："Art and love are the same thing: It's the process of seeing yourself in things that are not you."（爱和艺术都是见自己的过程。）造物也是。当你做某事的时候，你会把自己的一部分留在里面。当你完成创作，你会为工作感到自豪，部分原因是你看到自己在作品里。无论是颜色、质地、形状，还是刚才所处的情绪，作为灵魂表达者精心制作的作品会被珍视并远远超出作品在世俗的大众消费眼光下的价值。在过程中找到自己的使命，而不只是靠下决心，只靠抱负，应该像真正的登山者那样，一步一个脚印地前行。这个过程是连续的，是坚强的、耐得住寂寞的，也是最能抵抗这个碎片化时代的。

双手造物，既不合时宜，又被最迫切地需要。也许结果并没有那么重要，但是这个过程留给我们的是一种专注、愉悦的状态。我相信世上仍旧有许多和我们一样的人对古老的情感怀有乡愁，在如流星般的生命过程中发出一丝光芒，在宇宙中发出积极的共鸣。

只要我们把自己内心那个玻璃球擦亮，摒弃偏见和虚荣，在双手造物的过程中安安静静，我们每个人都可以见手艺，见天地，见自我。

祝羽捷，笔名祝小兔。前《时尚芭莎》人物及专题总监、上海作协会员、"好好虚度时光"平台联合创始人。已出版《时光不老，我们不散》《万物皆有欢喜处》《过去现在，一并深爱》等畅销作品。

虚度

ALTERNATIVE DREAMS

01

MAR. 2018

何为理想生活

主　　编：祝小兔、宽宽

执行主编：祁十一

首席主笔：云晓

策划编辑：平玉梅

营销编辑：李晓彤

责任编辑：平玉梅

平面设计：柴坤鹏

封面设计：李海超

Chief Editor: Xiaotu zhu、Kuankuan

Executive Editor: Shiyi Qi

Chief Author: Yunxiao

Acquisitions Editor: Yumei Ping

Marketing Editor: Xiaotong Li

Responsible Editor: Yumei Ping

Graphic Design: Kunpeng Chai

Cover Design: Haichao Li

声音
(VOICE)

双手造物
(HANDS CREATION)

创造自然
(CREATE NATURE)

创造生活
(CREATE LIFE)

作者说
(AUTHOR'S WORDS)

ALTERNATIVE DREAMS
No.1 2018
何为理想生活

声音

VOICE

生命是看清自己才走得从容的旅程

人
不是非得在大风大浪里
才能悟得生活之道
惊涛骇浪是生活的一种
静水流深亦是

观品易筱

云晓 | 文

易筱 | 图

01

02
01 | 枸杞米酒慕斯
02 | 自酿青梅酒与核桃露

我仍然清晰地记得第一次偶遇茶食店“观品”的感受。

门面朴素，不像店铺，倒像是读书人用以静候有缘人的书斋。掀开入口的麻布帘子，目之所及不过三张手工打磨的木桌、几个柔软布团、几把围着吧台而置的木椅，没有半分喧嚣和虚华，透出清雅、空寂的气质。

茶点单也简洁淡雅，便随手点了茉莉清茶酪。翠绿色的竹筒里盛着茶色的乳酪，用小勺舀来放入嘴中，像得了个冰凉温柔的吻，叫人忍不住闭上眼睛、沉下心气去感受唇齿间层层晕开的茉莉香和茶香。

当时正是盛夏的北京，三十几摄氏度的高温将整座城市裹得密不透风，但那一刻，我真切地觉得自己身在清晨的山中——雾气尚未散去，万物半眠半醒，一阵风起，吹来了冰凉的晨露和草木清香。

后来和茶食店主人易筱逐渐熟识，看她与先生德勒从打理小茶食店，到实现梦想中的自由的乡居生活，才深觉人的成长和生活应如植物一般，一心一意地专注和热爱。专注过滋养自己的“日常”，生命才会结出那颗最饱满的果实。

一

易筱儿时的假期大多跟着奶奶一起在乡下山林里度过。山中闲趣多，好吃的更甚。香甜的野生树莓、小芭蕉花蕊里甜甜的汁水、金樱子的果实，还有时令飘香的野草野菜……奶奶也向山野自然学得好手艺。田野小路边采的金银花和车前草晒干之后，加一些甘草和干荷叶一起煮水，就成了甘甜清香的凉茶。

将打来的酸枣一颗颗淘洗干净，慢火熬制，再经由太阳暴晒几日，就成了山野里最好的零食。村子里的人爱吃，还有人慕名前来购买。每到这个时候，奶奶

“春天会选择白色的盘子来搭配食物，茶与茶食之间不争不抢，互相衬托。”

01
—
02

01 | 院子里的果树应季生长，茶点的创作也应时节生发。

02 | “在我看来制作茶食，是一件特别好玩的事情，当我去研究它们，心也是安宁沉静的。”

总会特别傲娇地说："这是留给我孙子孙女吃的。"

长大后的易筱在北京的广告公司上班，做设计。先生德勒做电影分镜、画画。随着加班频率的增加，在厨房做蛋糕渐渐成了易筱的解压方式，她不仅做奶奶曾给自己做过的食物，还做西式甜点。起初她是照着网上的教程学，对食材和基本的制作方法有了一些认识后，就"打破玉笼飞彩凤"，自行创意创造了。

易筱经常做甜点做到深夜，虽然没有形成自己的风格，但胜在味道好吃。先生和朋友同事被投食多了，提议说"你干脆去开个店好了"。开店的种子就此埋下。

后来扛不住工作压力的易筱辞职去了清迈旅行。在一个小镇上，她走进一家小店。点餐完毕后，店主亲自料理。食材是店主自己种的，现场采摘、清洗、烹饪，不急不忙，很用心地制作。

新鲜的食物、热乎乎的饮品、温和宁静的面容，易筱心里想"这不就是生活应有的样子吗"？那一刻她感觉内心的某种东西变得清晰明亮。

易筱一心开店，但选址算不上好。小店设在北京东城的五道营胡同口，不过十八平方米的面积，紧挨着厕所，之前开的三家店都未撑过半年。先生做店的设计，把控整体调性，易筱负责内部细节和甜品。开业第一天，店里只有一款茉莉的甜品，没有任何宣传。从早上十点开门到下午六点只有一位客人进店，晚上十点结束营业时，全天一共只有两位客人。

开店没有经验，茶点的安排也没有具体的方向，易筱每天既期待又惆怅。如清晨山雾遮住了晨曦，虽觉得离光亮的地方越来越近，但迷雾重重看不清晰。她慢慢让自己静下来，和外在的压力和平共处，一步步向前摸索。

如果喧嚣、速成是一种人生的选择，那从被捆绑的职场走出来后，易筱就选择了缓慢、沉静、静水流深地生长。或许未知是道墙，但碰撞一次，路便清晰一些，自己也成长几分，或许稍显笨拙，但之于人生却是难得的养分。

不问前程，不念忧愁，只是用心再用心地去做自己喜欢的事情，成了她在小茶食店里的日常。

她说："我相信现在做的事情是慢慢的、冥冥中注定的，但更是自己喜欢的、值得做的事。我也很坚信一句话，人一辈子很短，坚持一件事就很了不起了。哪怕你很喜欢搬砖头，你也会搬出里面的哲学。"

有人说生命最好的奖赏来自时间。事实证明，人一旦选择坦然地走在热爱之事的路上，专注其中，生命的奖赏从认定的那一刻就已经开始。

二

易筱和她先生一直都很喜欢传统文化，也很喜欢日本的和果子。她在心里一直反思，这种茶点最早其实是从中国流传过去的，但是日本传承发扬了，为什么我们没有传承下来，做出好吃有国风的中式茶点？

照着这个念头，易筱阅读了《随园食单》《闲情偶寄》等许多古书，关注四季变化和节气寓意。

"大暑的时候，我注意到二环路边的槐花都开花了，我还特意去查了一下。因为之前我不了解槐树分为两种，只是奇怪为什么这个时候还有槐花，但是气味完全不香。后来才发现，谷雨时候开花的是洋槐，有香味；大暑时候开花的是国槐，没有香味，但是可以入药。

"每个节气的植物是按照规律生长的，把古人的总结勾连在一起就会觉得有意思。通过一朵花想到树，从树又想到某一个食谱、某个朝代的某个人，在什么样的环境下和谁吃到了一个什么东西，很好玩。"

在这些不被察觉的细枝末节里，她寻到了一条通往古今的路——进去是古代文人雅士吃食的含蓄、精巧、诗意，出来即回到现代厨房的创作之中。顺时应季，将东西方的食材结合制成甜品，外形不使用繁复的装饰，大多一片绿叶垫之，呈现食物自然的姿态。她说："把食材放到一起，利用手的力量可以捏成想要的模样，生活亦是如此。"

这个顺由本心生长的过程像一株隐世而埋头盛开的花朵，也像一棵在根部汲取营养输送到枝叶末端的树木，最终生长出独特的姿态，凝结成自身的体悟。去茶食店的客人，无不为之感动，好像在北京寻得一处世外桃源，被店里处处流露出的"淡观山水闲看月，只读诗书不念愁"的气息沁得心清凉、安静。

有客人与易筱结识成为朋友。一位中年女士很喜欢她的点心，经常来。知道她吃饭不准时，来的时候会说："又没有按时吃饭吧，给你带了一些，我们一起吃吧。"不过，客人往往更多的是诧异，一个没上过一天专业课的烘焙素人，竟然做出了犹如《红楼梦》中小姐及王公贵族所食的精妙茶点。后来因来的人太多，易筱不得不告知客人尽量避开周末和高峰时段。

三

眼见着小茶食店接待能力趋于饱和，第二家店就被提上了议程。这次除了她和先生，还有一位高中同学。

他们租下了胡同里闲置已久的老房子，根据房屋自身的结构特点进行改造。室内打造了枯山水、手作生活器皿展示区。除了过去固定的茶点，春夏秋冬各有一套专属的节气茶点。他们专门定制了木家具，圆鼓鼓的挂灯似月亮一般，常让人有月下读诗品食的感受。

易筱平日里在店的二楼晒杏干、酿酒，客人来了帮着店员招呼一下，顺口讨论节气生活，以及最近有什么时兴的吃食。小茶食店像是家的客厅，在这里结识有缘之人，爱人友人都在身旁，这几乎是她理想生活的模样了。但日渐与同学在价值观和经营上出现分歧，一番思考之下她和先生决定退出新店的经营。

易筱说："好像没有什么是我们真正能把控的，那就像植物一样顺应自然，做好眼下。哪怕大脑里狂风暴雨，也要极力去探寻适合自己的路，保持平静如水的心。我们不能被自己所拥有的东西束缚太深，了解自己真正喜欢或想要的，把源自生活的感悟化成信仰般的能量，消除内心的矛盾多虑，胸口才不会惊涛拍浪。"

放弃用妥协换取更多世俗成功的可能，选择内心想要的状态生活处事，是为了心灵的自由而乐意支付的代价，也是活得不拧巴、自在的根源。

四

2016 年易筱和先生在距离北京城三十公里的郊区租下了一户农家院，自己动手将其改造成令自己舒适的样子。

院子里有很大一块菜地，两人学着种菜，将菜地规划得井井有条。刚搬过去的第一个秋冬就收获了满满的南瓜和红薯。2017 年春耕完一入夏，蔬菜更是生长繁茂，出门几天回来，菜地里的草已经茂密得连路都要找不到了。惊喜的是出门前没来得及搭架子的黄瓜藤，爬在地上长出了小黄瓜，味道好鲜甜。忘记授粉的西葫芦竟然也结了好多个果实，辣椒、茄子和土豆也都开花结果了。最惊喜的是地豆角，扒开叶片，里面是满满的豆荚。绿叶菜实在太多，他们就打算着晒成菜干。

在乡居的日子里日出而作，日落而息——种菜，爬山，到投缘的邻居家串门，先生画画、做设计，易筱用院里应季的食材创作茶食、打理小店、读书和做衣服。

拥有少却珍贵的朋友，清晨起床满心喜悦，夜晚入眠时安然踏实，他们的日子缓慢平和、自给自足，一寸一寸的光阴都成了悠长安静的诗歌。

《朝圣》里有一句话说："在物质世界里，'富有'指的是你拥有很多财产，经营各种生意并且很有钱；而灵性世界把'富有'定义为全然知足，并且指出，当我们不再以所有自己匮乏之物的想象来折磨自心时，我们就很富有。"

生命是除去心灵的自在、不可过多盛载他物的容器，也是一场看得清自己，才走得坦荡从容的旅程。

观品易筱

微博：@易筱易筱

01 | “金糕其实是跟山楂糕一样的做法。据传是因为古时有家店制作的山楂糕与一般的胭红色不大相同，而是金黄色泽且能保存很久，慈禧太后吃到后取名为金糕。”

02 | 两个人用心做着喜爱的事，遵循自然，安安静静，日出而作，日落而息。

ALTERNATIVE DREAMS × 观品易筱

之前从事广告行业时，是什么样的状态？

工作压力还好，不焦虑，但更多的是迷茫。

后来裸辞的导火索是什么？

觉得这辈子不能是这样度过，辞职的时候也没有具体想，但开店是当时的一个小梦想。

辞职后去清迈旅行带来了很大的触动吧，开店是直接的诱导因子吗？

是的。那是三年前，在一个慢悠悠的小镇上，我走进一家小店。点餐完毕，店主亲自料理。食材是自己种的，现场采摘、清洗、烹饪，不急不忙，很用心地制作。新鲜食物加热咖啡，这不就是平常生活应有的样子吗？那一刻我内心被点亮的某种东西，至今没忘。

店开在了五道营，刚开始没有宣传的时候人不多，心态会急吗？

急啊，但是着急的心并没有因为人不多而慌乱。

刚开店那会儿每天都去很早，然后很晚回家。那段时间应该是抱的希望越大，失望越大的一个映照吧。不过好在内心的热情与激情一直都在，且并没有因为人不多而沮丧懊恼。因为没有定店铺的休息日，所以遇到的客人是当时我与世界的沟通方式。他们给了我很大的力量，同时我的坚持也感动着他们。彼此都是宝藏，那种感觉很美好。

开店，制作食物，与客人通过食物而连结，和做广告时心境有什么不一样？

最本质的区别是做广告时我没有办法跟甲方直接对接，不知道甲方真正要的是什么。设计的东西也都不是自己真正想要的。因为总是会经过策划、文案、AE（业务经理）各方面的改动，最终的设计稿其实往往大同小异，在我看来甚至称不上设计。而开店是直接与客人面对面地接触，沟通和反馈也很高效，还会遇到很多有意思的人。

如今你们在北京郊区租了院子，过乡居生活，离都市更远了，乡村带给了你们什么？

意识到身体的健康和身心的自在才是最重要的，心境也更开阔了。

会觉得这是一个逃离城市的过程吗？

不会。我觉得城市和农村并没有好坏之分的可比性，所以谈不上逃避，并且城里如果有好的展览或是活动等，我还是会及时进城的。

逃避这个词我也不喜欢，也不是我所要去做的事情，当下的生活只是选择的一种生活方式而已。

是否会考虑得与失的问题？

会啊。只是在经历一些事情之后，觉得过多的计较得失并没有什么意义，而且会失去更多吧。比如多多少少都会更多地耗费自己的时间、心力与精力，所以现在再有患得患失的念头升起的时候，我会有一定的主动觉知，且告诉自己保持明智的期盼。

01

02

03

04

05

01 | 日常家庭小食

02 | 院子里的植物向着天空，生长出了自己的另一种色彩。

03 | 先生德勒在耕种浇水。

04 | 里屋的入口处

05 | 一场朋友相聚的下午茶

过简朴的生活，大隐于市，大巧若拙

房屋几间，有院一座
捏泥做陶，种地养花
饮茶看书，自在心安
——拙朴工舍

拙朴工舍甜甜

云晓 | 文
甜甜 | 图

02

01

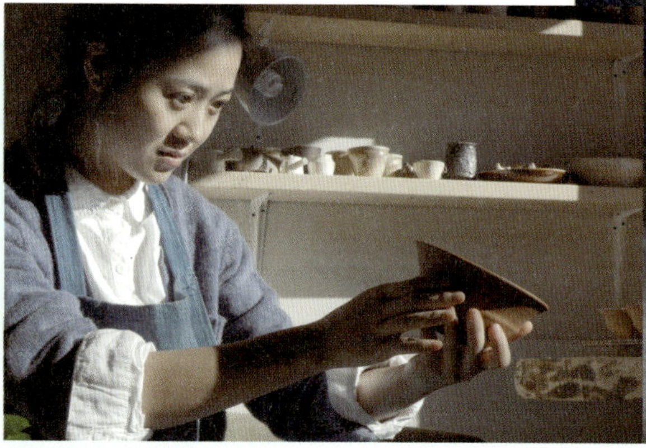

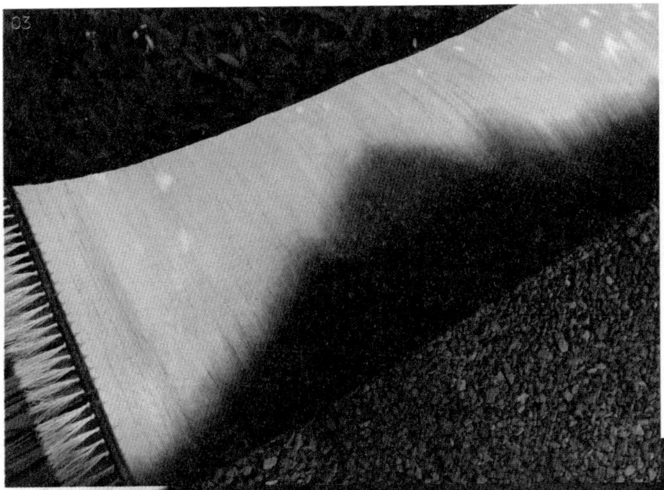

01 | 刚做好陶的甜甜，在阳光下仔细查看上面的纹路。她说：“没有任何急功近利，只是纯粹的发自内心对手艺的喜欢，每个人忘我创作的样子都像是带着光环的孩子。”

02 | 生命中可以称之为幸福的事情之一，便是所用之物都来自双手创造。手工纺织的茶席，一锤锤敲打出来的金工茶碟，自己烧制的茶杯，一切都呈现双手养心，双手造生活的朴素安定气息。

03 | “手工纺织茶席，每一根经线纬线都经过手工整理，上浆。每一块蓝染茶席，经过亲手数次吊染，然后清洗，固色。两边穿进紫竹固定，保留灵动的流苏。”

在当下的熙熙攘攘中，拙朴工舍无异于一个乌托邦。这里聚集着一群简单生活的手工劳动者，在安静的空间里做喜欢的事情。他们渴望在喧嚣的世界里，回归内心，单纯地做自己。

拙朴工舍的创建者——老黄和甜甜，因内心有回到简单生活，专注手艺的愿望，在从事广告行业二十余年后，放下城里小有所成的事业，于 2012 年在北京顺义郊区租下了四亩的院子，建立了拙朴工舍。

拙朴，出自《老子》中的“大巧若拙”，简单、质朴。正如日本美学家柳宗悦所说：“不知自身之美，物我无执念，不奢与名，而将一切托与自然。”这是他们对生活的期许，也是他们对作品的要求。

老黄小时候生长在乡村，从小喜欢自然，后来在城市里开过广告公司，开过餐厅，虽一路还算顺利，但始终是一种求外的状态。要考虑客户的喜好，也免不了饭局应酬，劳心费神，常常觉得心好累，一直都渴望回到简单的乡居生活。十几年前的一次景德镇之行中，老黄被柴窑和手艺人的专注所打动。从那时起，“搬到乡下做个手艺人”这念头就在心里种了下来。随着城市的生活和工作越来越得心应手，这念头反而越来越强烈。

甜甜，大学读播音主持专业。毕业时同学们都急着出去找工作，想方设法在大城市找到立足之地。她一直都是个闲散的性子，不慌不忙，不愿勉强自己做不喜欢的事。在她心里，放弃城市生活做个归隐田园的手艺人，不需要做什么挣扎，是个再自然不过的活法。认识老黄后，两人对生活的期望一拍即合。

刚搬到郊区时，租下的院子一片荒芜，野草足有半人高，到处是狗大便。甜甜和老黄每天的日常就是收拾院子，干各种杂活，解决一大堆乡居生活的基础问题。村里电路布得不规范，每天至少跳闸两次，水电取暖都不方便。住院子的第一年冬天，因为房屋主体单薄，保暖性能很差，他们每天只能围着壁炉看书做陶。

院子改建的投入也超出了他们的预算。夫妻两人对美有自己的想法和坚持，村民们施工很难达到要求，大部分工程都得靠自己一块石头一块砖地垒起来。整个改建过程花了一年多。他们每天入不敷出，生活过得非常节俭，还有大量体力劳作。院子租期只有十年。我问甜甜，那么折腾，什么都要改成自己想要的样子，但租期一到什么也带不走，还可能面临房东中途反悔、拆迁的情况，这么折腾值得吗？

甜甜笑说："我们觉得哪怕在一个地方只生活一天，也要尽量把它收拾得美一些，住得舒服一些。对环境用心，也会被环境滋养。况且十年不算短了，我们的预期是能住上五六年就很满足了。"

01

02

03

01 | 院子里有一个房间被专门开辟出来保管展示惊喜之物。陶艺，更多的是将心交给泥土，将结果交给自然的过程。

02 | 架子上放置的皆是自己烧制的餐具，用来盛一餐一蔬，一日一光阴，日子平静温暖，流转不尽。

03 | 物的陪伴，大概就是在一日一日的使用触碰中，物品染上人的体温变得温润，变得体贴，和人并肩度过一段时光。

那个时候，父母和朋友都不看好他们做的事。本来搬到乡下去做陶就已经很难被理解，加上没有经济来源，全靠积蓄维持，真让人替他们的未来担忧。老黄和甜甜却是满心欢喜，沉浸在自己的世界里。虽然日子过得紧巴巴，但仍然觉得充满希望和幸福。

“我们一直都觉得，人活着就要想方设法做喜欢的事，才不算白活。对未来不会想太多，只要有地方住，可以安静地做陶，做自己喜欢的事，就很知足。哪怕作品五年十年得不到认可，心里也是满足的。”

“朋友和家人老问我俩，有没有想过以后的日子要怎么过？可是现在的生活就是我们想要的，至少这样生活过，没有辜负自己。”甜甜说。

老黄和甜甜都喜欢柴烧质朴和自然的感觉，而器皿的生命是在反复使用中获得，而非束之高阁以供瞻仰。

一双手将之烧制出来，再转另一双手使用。除了是情感的交付，还是器皿第二次生命的开始。其中包含了手艺人的心念，也蕴含了使用人的生命状态。器皿

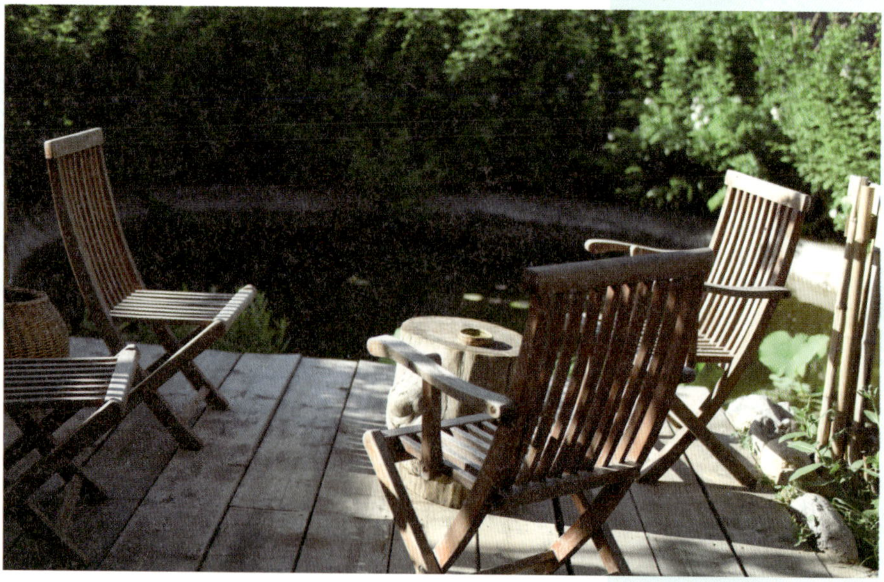

“山静似太古，日长如小年。”

是人由心向外的果实，以物抵心，你心里想的，它都知道。

美学家柳宗悦说："盛开在大地上圣洁的莲花是净土之花，而由上天赐予的、在大地上绽放的花，如今我称为工艺。"柴窑烧陶时，完全燃落的灰烬极轻。随着热气飘散，木灰中的铁与陶土中的铁形成釉色，呈现出自然而丰富的变化。

这种方式被称为"自然落灰釉"，是陶土在烧制过程中完全将自己与温度、空气、木灰乃至天气融合的结果。它自带不争不索的气质，只是伫立凝视周遭，了然于世。现代柴烧柴窑的难度很高，即使是景德镇还在使用柴烧柴窑的人也非常少。相较于气窑和电窑而言，其成品率较低，同时柴烧对薪柴的消耗量极大。连续烧制七十二小时以上，需要人不眠不休轮班投柴，同时需要耗费极大的体力和耐力，对烧窑者的经验要求也非常高。哪怕一件小小的器皿，也凝聚了手艺人多年的心血。

就算是有多年经验的老师傅，也难免会在烧制过程中出现意外状况。

2014 年 2 月，老黄和甜甜开始烧制他们在拙朴的第八窑。原本计划从 2 月 2 日烧到 5 日晚上 8 点，但 5 日清晨他们发现窑内发生严重坍塌，近百分之九十的器皿被损坏。将近一个月的准备工作：做陶、准备木柴、清理窑炉和棚板，甚至大年三十也没有休息，顷刻间付诸东流，也让人悲从中来。

甜甜和老黄收拾心情慢慢整理破碎残局，却在其中意外发现了心中想要的釉色，一时间又喜不自禁，感慨上天总是眷顾手艺人的。

两人做陶以来一直尝试接近心中的"拙朴"。日复一日地尝试，过程中充满重复与期待，结果也无法预料，但心是静的。于天地万物之间，只剩一人一物的专注，这是只有手艺人才能体会的快乐。

因为对传统手艺的热爱，老黄和甜甜在院子里开辟了新的布艺工作室。一起创办布艺工作室的谭师傅十四五岁开始学习织布，现在已经年近五十。谭师傅的爷爷和父母亲都织了一辈子夏布。起初身边的兄弟姐妹也织布，可织夏布很辛苦，赚得又少，不够养活一家人，慢慢地织夏布的人越来越少。只有谭师傅坚持了下来，与妻子每天凌晨五点多开始工作，几十年如此。

国内知道夏布的人少，使用者更少。谭师傅的布匹主要出口日本，收入微薄但仍可过活。好歹手艺保留下来了，也庆幸一辈子都在做自己喜欢的事。

在拙朴工舍院子里做金工的思瑶，大学毕业后没有急着去找工作，转而告别城市纷扰，独自一人辗转到景德镇和云南学习金工两年。原本冰冷的金属经过捶打变得柔和有温度，心诚方能遇上一生一件。和甜甜、老黄一起做陶的刘醒和小郑，每日捏土玩陶，安静自在。世界在心中，也在这手中的陶土里，有泥一块，简单富足。

大家一起在院子里种了蔬菜，夏日可以完全满足大家的蔬菜需求。操持一日三餐的郑哥、彭姐手艺很好，总能做出令人连呼好吃的菜色。做饭之余又自己动手做起盛菜、装水果的木盘子。

生活衍生手艺，手艺回归生活。柴米油盐和手艺人的理想生活并不相悖，反倒是相互滋养，生出诗意乐趣。一群简单快乐的手艺人，因为内心对手艺的热爱聚在一起，在世界一角，长成树木，生出根来。

生活不是非黑即白，它可以是自由，也可以是安定，可以肆意任性，也可以恪守成规。做个手艺人也好，上班族也好，只要内心喜欢就是好的。

你活着，就要成为美好的存在。你做的事就应当是你爱的，不然就消耗了生命。你过的生活就应当是你想过的，不然就失去了生活。

“每春夏之交，苍藓盈阶，落花满径，门无剥啄，松影参差，禽声上下。”

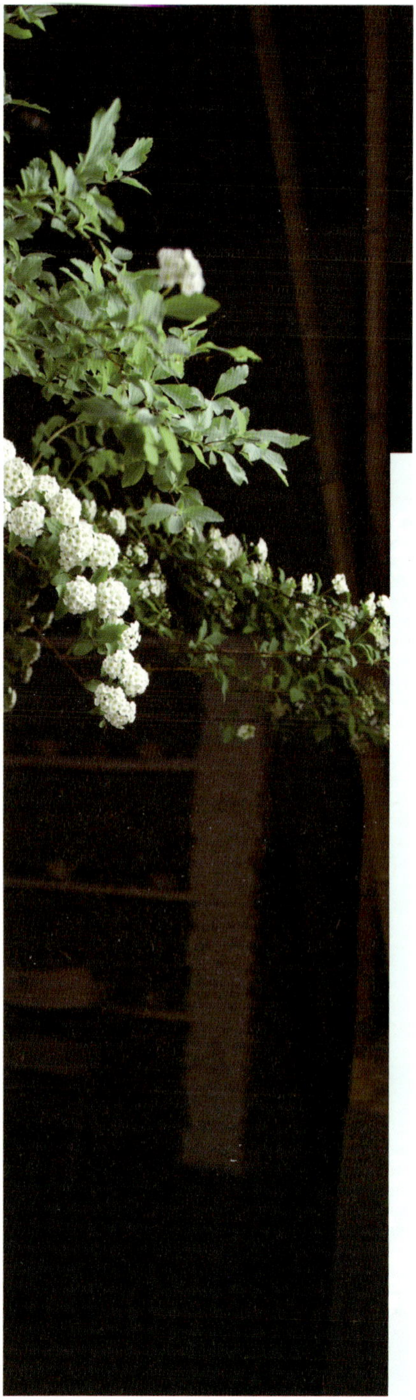

ALTERNATIVE DREAMS X 拙朴工舍甜甜

你在拙朴工舍之前，做过什么样的工作，又是什么样的状态？

在广告公司工作过几年，后来和老黄一起经营私房餐吧。一直都是个闲散的性子，不慌不忙，不愿勉强自己做不喜欢的事。放弃城市生活做个归隐田园的手艺人，不需要做什么挣扎，是个再自然不过的活法。

老黄之前开过广告公司，也开过餐厅，那时的生活状态、精神状态是什么样的？

老黄的老本行是设计。当初创业的广告公司经营得有声有色，无休止的加班加点和巨大压力也曾压得他喘不过气，但他始终没有放弃生活的热情和内心的情怀。曾经的私房菜馆是文艺青年的大本营，每当夜幕降临，偌大城市中不安分的情绪不约而同在此聚集。抱着吉他哼着《南方姑娘》

01

的民谣歌手赵雷和即兴弹唱《当你老了》的赵照，都是这里的常客。

然而城市的急速与忙碌，与难以拒绝的应酬社交依旧占据了老黄的大半个生活。内心的追问越来越清晰，这究竟是自己想要的生活吗？

最触动你们想去郊区并做一个手艺人的契机是什么？

老黄的爷爷是汽车修理高手，父亲会自己动手制作二胡、扬琴等乐器。受家庭环境影响，老黄从小也喜欢自己动手鼓捣各种玩意儿。长大后经常去贵州云南新疆等少数民族地区写生，并迷上了各种各样的传统手工艺。

六年前，一次偶然的机会让我们在景德镇乐天陶社看到了柴烧陶器。和我们平时所见的青花、汝窑完全不一样，它的釉色分布得十分不均匀，质感那么强烈，不完美不精致，但却浑身散发着内敛沧桑的气质。分明是第一次见，但却不知从何而来的熟悉的亲切感。

这是我们第一次看到并且双手触摸到柴烧陶器。从那以后，老黄就想着一定要建座自己的柴窑，烧出心中喜欢的器皿。同时，也转换一种生活方式。我们生活在一个匆忙的时代，每个人都被现实的焦灼刺激着向前。

正如诗人李元胜写的《走得太快的人》：

走得太快的人，有时会走到自己前面去。他的脸庞会模糊，速度给它掺进了幻觉和未来的颜色。因为世界精神太忙碌于现实，所以他不能转向内心，回复到自身。

据说古老的印第安人有个习惯，当他们的身体移动得太快的时候，会停下脚步，安营扎寨，耐心等待自己的灵魂前来追赶。有人说是三天一停，有人说是七天一停。总之，人不能一味地走下去，要驻扎在行程的空隙中，和灵魂会合。所以我们搬到乡下，让生活慢下来，做自己喜欢的事情，慢慢回归内心。

搬来之后需要适应期吗？

好像没有什么适应期，没有时间不适应。搬到乡下，每天忙活着收拾院子，整理工作室，种菜养花，做陶烧窑，一点点地收拾出来。一切都是崭新的开始，每天忙忙碌碌，日子过得很快很充实，人也很快乐。

前后两种工作和生活方式，有哪些不同？

以前在广告公司做设计和经营私房餐吧，都会与人打很多交道。而现在做陶，更多的是和自己、和泥土对

02

01 | 每一只陶器的质地因烧窑的温度、天气、泥土的来源、手艺人的手艺程度而不同。可以说看似普通，却是世间仅有。

02 | 正在做陶的甜甜和老黄。两个人在喧嚣的世界里寻找了一个属于自己的世界，创建了内心的桃花源。

话，做自己喜欢的器皿，用泥土表达自己想表达的意思。通过手艺也结识了很多志同道合喜欢手工的朋友。

搬到乡下做一个手艺人以后，没有时髦的都市生活，没有城市里快速变化的节奏，没有朝九晚五人群里的拥挤，没有职场的人事关系，只是一心一意专注于自己和手艺，素心从简，天长地久，慢慢过日子。一张宁静的桌子，一个人，一双手，仿佛时间都不存在。慰藉自己，也不期然地慰藉别人。在自然的环境里，人是很真实的活物，享受生灵的自然快乐。晴耕雨读，用双手养活自己和家人，知足快乐。

在乡下，每天的生活节奏是怎样的？

日日清晨鸟叫得最欢乐的时候，打扫院子，吃早餐，逛菜园子，掏鸡窝里的蛋；月亮爬到头顶，像一个大大的圆盘挂在夜幕的时候，在院子里悠悠地、慢慢地走着，悟空和小黄跟在后边一起散步。这时候花园里的树木影影绰绰，月光明亮，池塘里的蛙叫、虫鸣和流水声形成美妙的交响。一圈两圈三圈……走完后我们又各自回到工作台继续干活。

乡居生活会有无奈和不适之处吗？

三年的乡下日子，不全然是悠然自得，还有很多辛苦和无奈。没有完完全全地按着纯粹的理想去过日子，在理想和柴米油盐的现实生活中寻找平衡。日子过下来，发现是可以找到这种平衡的。当你能够调和好它们之间的关系的时候，理想和柴米油盐不仅不是对立的，反而能够让生活更丰富。柴米油盐是理想的支撑，理想会让这平常的小日子更加有趣。生活有很多种可能性，并非非黑即白。乡居生活是其中一种。无论哪种生活，发自内心地喜欢就好。

三年的乡居手艺生活，对你们有何塑造？

有手艺相伴的三年，生活很充实，内心被它占据得满满的。有时会忘记了周围，完全沉浸在自己的世界里。它还教会了我不要着急，慢慢来。虽然我天生慢性子，但现在更懂得了瓜熟蒂落的自然道理，很多事情急不来。一天两天是练不出手艺的，持之以恒、不懈地练习，是唯一能够学会手艺的方法。在这个过程里，必须耐得住性子。而耐得住性子，源自手艺赋予内心的安宁与富足。

因为三年前的选择而过上现在喜欢的生活，原因其实很简单，听从内心的安排，专注地做点儿东西，不用太多，够用就好。

在制陶的路上，从最初上手到慢慢熟练，经历了哪些困难？

这一路走来，就是不断地看书学习，不断地行万里路去看去摸索。

现代柴窑起源于日本，日本柴烧里最喜欢的是信乐烧。信乐位于滋贺县之南的甲贺郡，环境秀丽，于是当时我们就一次次地去信乐拜访学习。从京都到信乐需要两个多小时的车程，一路上忽而是广阔的湖泊，忽而是山水相间的小道。不太高的山上布满了红松，层层叠叠的红松不但构成了迷人的风景，也是信乐传统柴烧烧窑最好的燃料。

在信乐，听老陶艺家们分享他们的做陶经验。窑的结构、烧窑的温度、烧窑的时间等他们都毫无保留地分享，甚至还送给我们宝贵的日本传统抹茶碗的图示资料，其中清楚地标注着每种不同的茶碗圈足、碗口、高度等详细的数据。

奥田英山先生带着我们一起烧窑，其间，点点滴滴仔细地分享他烧窑的经验。之后我们又去拜访备前——也是日本传统的六大古窑都之一。除了陶的器型、窑的结构和烧窑方式与信乐截然不同外，所追求的烧成效果也完全不一样，也因此形成另外一种别具特色的备前柴烧。

根据这些学习的收获，我们不断地尝试着改变自己的柴窑结构和烧窑方式。探索就意味着有惊喜也有风险，有整窑坍塌全军覆没的难过，也有意外的烧成效果带来的惊喜。通过几年的摸索，我们渐渐找到了自己想要的东西，稳定下来。

柴烧制陶的过程，哪些瞬间会令你们欣喜、开心？

常常是打开窑门看见烧出了喜欢的器皿的时候，特别感动开心。

记得烧第十三窑柴窑时，即将开窑，拔掉观察孔的窑砖，顺着手电筒的灯光能看见一些窑中的器物，有一小部分烧出了想要的釉色，还有大面积只是效果平平。“继续再烧还是开窑呢？”老黄问。我首先闪过的念头是继续烧。大面积没有烧到最想要的效果，那还开窑干吗？拿出来也没有多少东西是自己特别喜欢的。但又开始担心，再接着烧有可能还不如现在，也有可能出现意外，全军覆没。

最后的决定权交给了老黄。傍晚时分他一个人在窑前坐了很久很久，最终决定再继续烧三十个小时。出窑，给了我们惊喜，每个都爱，成品率也是烧柴窑以来最高的一次。

烧出来的陶会去向何处？

我们的柴窑主要烧制茶器具和花器，这些基本会被喜欢喝茶和插花的朋友收藏。

有留心你们烧制的陶流向他人手中的故事吗？

把陶器交与他人，其背后是人与人之间的情感在流动，是器物由一双温暖的双手交付另一双温暖的手中。

我们后来慢慢结识了一些喜欢柴烧器的朋友，当感受到他们对待器物的那份由衷的、毫无他心的喜爱时，便会特别放心地把器物交与。每一件器物都是一段光阴和情感的凝聚，在窑火熄灭的那一刻，整个情感被封锁在其中，真心希望它能在另一双爱它的手中再次延续生命。这样，手艺人的情感也就踏实地安放了。

人们会如何表达对你们作品的感想？

大家经常会分享自己使用这些器物的感受，探讨他们关于这些器物的想法，这是我们很开心听到的意见。因为我们希望制作的每一件器物都不只是被束之高阁，而是希望它们可以在平常生活中被使用，却又历久弥新。

拙朴工舍

北京市顺义区水坡村北街 17 号
010-51450754　18610830187

新浪微博　：@ 拙朴工舍 JOP
微信公众号：拙朴工舍
(joppottery_studio)

屋里的一抹红，难掩生活的朝气。

或宠或辱，不动其心，为画师之道

画家莲羊

在所有人都把你和你的
作品捧在掌心时，不动其心
在所有人都对你和你的
作品表示质疑时，不动其心
或宠或辱，不动其心
为画师之道——莲羊

息小徒 | 文
莲羊 | 图

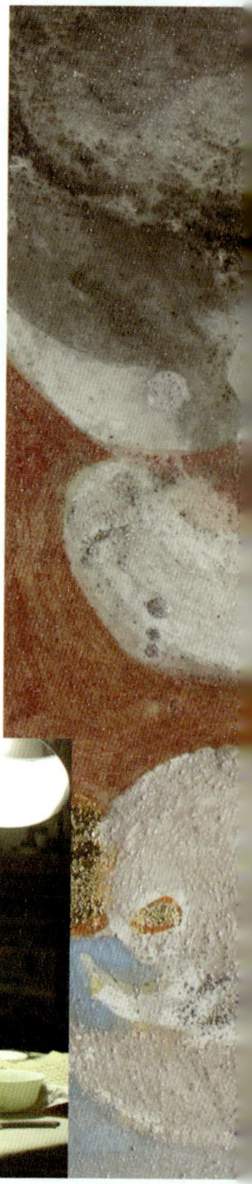

01

01 | 莲羊绘于灯下。

02 | 岩彩是属于时间的，矿石经过千万年方有色彩，研磨成粉，将自然给予的颜色一层一层铺于纸面，静琢细画，投掷入作者的时间与精神，终得岩彩画，千年不褪色。

02

莲羊东京的家在城西郊外的山脚下，阳台外有一棵极高的樱花树，裹住了整个阳台。再往山里走，都是几百年的樱花树。

来东京的朋友，会极有诚意地特意来拜访。

两年前，莲羊从北京搬来东京时，如此记录："离开乌云蔽日的帝都，在扶桑找了处清净之地，静静修行几年。"

每日晨起，莲羊开始做早饭，桃花胶熬枸杞，加银耳和桂花。早餐后出门，去附近的山里和神社转悠，捡树枝和花，有时是干掉的蘑菇，回来插花。下午泡在多摩美术大学的图书馆里，这里有十六万册美术类藏书，和东亚美术相关的东西非常齐全。

莲羊在这里研习一门古老的绘画艺术——岩彩。"有一画种，涂抹矿石、金银于纸棉之上，名曰'岩彩'。"岩彩，是属于时间和光影的艺术。矿石经千万年方有色彩，岩彩画也可经千年而不褪色。相机无法呈现岩彩真正的魅力，石头的凹凸，让它在不同的光影中呈现出不同的效果。

矿物颜色是自然界选出的最美的颜色，画久了，莲羊就喜欢用纯色，包括灰色。莲羊平日里点香，有香炉灰；用蜡烛烧香碗，底下会形成烟灰，把烟灰刮下来，结合香灰，再加胶，会产生一种既恒定古老，又很耐看的灰色。把这层灰色铺在底上，上披一层绿松石粉，再用水晶画一朵莲花，叶子用绿松石配一点儿青金石，一层层叠加，就能产生极为璀璨的效果。

中国很多传统艺术会使用岩彩，壁画、唐卡等都有与岩彩相通的地方。后来文人水墨兴起，浓色重彩被不断边缘化，岩彩反而在日本得到了发展。两年前决定来日本探究岩彩，临出发时莲羊都不清楚日本有什么样的美院，岩彩究竟要去哪里学。

去了再说——人生中像这样的从零开始，莲羊已经习以为常。

一

莲羊是中央美院科班出身，出道十年，最初用电脑绘画，在业界赢得关注以及“中国最年轻造龙师”的名头，后放弃电脑回归手绘三年，遇上了岩彩。

下决心放弃电脑绘画，是因为她发觉很多零门槛的人通过几个按键，能轻易画出非常漂亮的图。而自己虽然自认塑形能力强、想象力丰富、色感好，可技术越发展，对人本身的能力要求就越低。

那么，作为一个人的价值，到底是什么？还有什么东西，是不会被机器取代的？刚放弃电脑重新开始以双手创作的时候，真的很痛苦。习惯了取色器，习惯了调色阶，习惯了 Ctrl+Z，莲羊沮丧地发现，自己真的不会画画了。电脑一键完成的事，动手就要花非常多的时间，还达不到电脑的效果。刚开始回归手绘的时候，她画得和小学生没什么差别。

细思极恐。

越是恐惧，越是要直面恐惧；越是依赖工具，越是要逃离。“攻画之人，莫让自己心生安逸，多痛多伤，多琢多磨，才能品出茫茫沧海中的一抹甜……”回归手绘两年多之后，手才重新跟上心的速度，能够自如表达内心想要表达的东西了。

可是，接着又陷入选择画种的困境。各种画法都尝试了，水彩容易出效果，可是不能百年保存，呈现的方式又相对单一；油画足够丰富，可它并不是自己的文化语言，没有东方韵味；宋代的水墨、明清的工笔，可以画，但那不是自己最想做的事。

技艺在精进，心也在成长，到底什么是可以承载自己的？莲羊想找到那个可以呈现自己意识发展的画种，但苦寻不得，直到一日在网上看到了岩彩。那时她还不知道它是什么，却一见倾心。太美了！色彩斑斓、金银相错，它的美是东方的，也是现代的，它融合了各类画种，它是从远古而来的艺术。

那年冬天，莲羊跑了一次日本，买了全套岩彩材料，都是石头和金银。回到北京开始尝试，一画上就放不掉了，她惊叹，这是最东方的色彩、敦煌的色彩。

二

2014 年，莲羊在艺术上的转型逐步走上正轨。王府井的画室刚刚装修完毕，她在圈子里也有了一些影响力，很多人因为能去莲羊的画室喝杯茶就很高兴。可她心里弥漫着一股无法抑制的躁动，为什么，不知道。朋友发给她一个 MV（音乐短片），是蔡依林与安室奈美惠的 *I'm Not Yours*（我不属于你）。就这么瞬间被点穴了！她像发烧一样，不睡觉反复听，心中的激荡不能自抑。她想知道，这颗心到底想暗示自己什么。

人生会出现许多契机，深陷其中的时候，不一定能懂得。所以在那时，最简单的，就是顺心而为。心说去哪里，她便去哪里，不犹豫，不计较。当初画龙时，许多人问，为什么要画龙啊？她说不出来。翻小时候的涂鸦作品时发现，两岁时，“龙”就已经出现了。

有人说，艺术是最接近神的所在。这一次，她鬼使神差买了去西藏的票。女财神扎基拉姆就是在这个时候，进入了莲羊的生命。

三

到了西藏，莲羊同自己说，既然是心带她来，那么就只听心里的声音。她想去寺庙看一看，一路走到了哲蚌寺。

那日寺中只有她一个游客。晃进一间很大的殿堂，只见一个喇嘛，安安静静地坐着，也不说话。莲羊跪在地上向菩萨发愿，忽然停电了。几百平方米的空间内只剩下纯粹的黑色，只有顶上的一个小窗户打进来一束光。一瞬间，莲羊的大脑被清空，心底涌上一股喜悦。

后来听当地人说，拉萨有个女财神，叫扎基拉姆。听说扎基拉姆爱喝酒，莲羊就买了酒和哈达去寺里看她。

没想到进入殿堂，只见这女财神被信众的哈达淹没了，露出一个头，纯黑的皮肤，很长的舌头，眼睛瞪得又大又圆，是藏佛中的怒相。

莲羊一瞬间很愤怒，唯一的女财神怎么长成这样，心里顿起一念：我要给你重新画像。

四

回到北京，莲羊做的第一件事就是画扎基拉姆，用自远古而来的岩彩。

也是这时，她决定要去日本学习岩彩。

可是仅有的积蓄没办法支撑她在日本的生活，怎么办？她同女财神开玩笑说，是你引我去日本的呢，咱们就看看吧，看看最后这几个月，我们能有多少钱。

谁知道第一幅很快就被收走了，接着是第二幅、第三幅，三个月内，她画室里的画全部被清空。

扎基拉姆喜酒，莲羊得了好酒，自然与她同喝。

世人皆愿醉在梦里，也不愿触碰眼前的真实，这样的世界，被称为娑婆世界。

于是扎基拉姆对于莲羊成了一个转折，牵引她去了日本。

她后来回想：

"近而立之年的我甩开了北京的一切，连五十音图都不会，便渡过大海来到日本，明为学习岩彩，实为顺应心中回荡的那个声音……当时放出话来——三年之后必有小成。"

后来在日本遇到的一切，使她彻底相信生命带来的奇迹。

如果你坚信生命的力量，相信到底，那么就会确信自然有能力创造出一个美好的生命，就有本事让不同的美好相遇。

所以不要着急，让生命好好生长，好好遇见。

五

莲羊家中总会有一幅扎基拉姆的画像在，她每日同她喝酒、聊天，若是有灵感新画了一幅，而前一幅又遇上很爱它的人，才会让人请走。

现在家里的这幅，扎基拉姆闭眼盘腿而坐。莲羊用玉磨了粉，给她做青衣，还在她的衣服下摆加了一只金螃蟹。怕她寂寞，又请了一尊观音来家里同她聊天。想着她也是个女孩子，也很爱美，就拿了迪奥的彩妆给她细细上妆。

图说："世人皆愿醉在梦里，也不愿触碰眼前的真实，这样的世界，被称为娑婆世界。"

顺心而画，顺心而养，手里出来什么，便是什么，从不强求。

她的画是自己，也是众生，有缘的人总会被牵引，会心动，能感同。

2017 年 5 月 27 日，是"莲子羹"四周年庆。莲子羹是莲羊自电脑绘画时期就创建的群，现在画种变成岩彩，群里会聚了各个年龄段、各类画种的朋友。

莲羊感念他们看着自己每日闹茶、焚香、微醺着涂鸦，热热闹闹走过，群里许多人做了爹妈，而她依旧拙拙地拿着笔，走着一条没有岔路也没有回头路的道。

出道十年，莲羊出了画册《拾莲》，书上有一段话：

忘记我是什么，

忘记我会什么，

忘记我有什么，

忘记我要什么，

放下一切执念，从零开始。

人生与艺术，都像在不断爬山。爬上一个山头，看到远处还有一个山头，好想去，怎么办——回到山谷底，重新出发。

在所有人都把你和你的作品捧在掌心时，不动其心。

在所有人都对你和你的作品表示质疑时，不动其心。

或宠或辱，不动其心，为画师之道。

——莲羊

02

01

03

01—02 |《东方 | 花冠小仙·叠境》局部

03 |《新岩彩 | 尼泊尔公主》，这幅画被一位长得和她一模一样的美人请走了。

ALTERNATIVE DREAMS × 莲羊

你曾被称为“中国最年轻的造龙师”，画龙是什么样的缘起？

翻开自己两三岁的手稿，就已经开始有龙了，没办法解释。我相信能量。我的能量会凝聚在一幅画上、一棵草上、一个小动物身上，虽然它不能被解释，但是存在。我的身体是有寿命的，但思想和能量是延续的。它们凝聚在一幅画里，看到这幅画的人，会被影响。

是什么时候决定放下电脑开始手绘的？

四五年前放弃了 CG（计算机动画）开始创作。一开始真的很痛苦，电脑一键完成的事，自己要花非常多的时间，有时甚至还达不到电脑的效果。就像很多画师一样，离开电脑就会产生恐惧。另外，技法上也会有很多落差，之前可以轻而易举画出很多自己想要的东西，但是纯手绘的时候发现自己就好像一个小学生。

放下电脑绘图重归手绘，是“过度依赖工具的恐惧”驱动的吗？

其实很多绘画迟早都会被电脑完全取代。我们曾经引以为豪的东西，电脑一个按钮就全部搞定了。像审美透视，我们以前要花很多时间学习，电脑很简单就完成了。

起初我自己还有优越感，觉得是学院派，塑形能力强，想象力丰富，色感好，但是电脑绘图软件的出现让很多零门槛的人都可以画出非常漂亮的图。软件越发展，对于人本身的能力要求就越低，这种事情会越来越严重。人工智能也是现在三十多岁的企业家会聊的话题。我们还有什么东西，是不被机器取代的呢？

选择岩彩，是否与此有关？画岩彩后的生活又有什么变化吗？

岩彩不一样，每个人玩岩彩都能画出不一样的东西。

现在基本不用电脑了，偶尔要帮老朋友画动画才会开电脑，平时一个手机就搞定了。生活重新回到最本真的样子。

让双手熟练起来用了多长时间？

两年吧。一年多以后就开始能够表达出自己想要表达的东西，但是要做到游刃有余至少要到三年以后了。

一般在什么时间点画画？有什么怪癖吗？

想画画时就画，一般上午十一点多开始，我会根据心情而定。画画需要周围很干净，很整洁，这就是我的“风水”。十几二十岁的时候会打架，脾气比较大。适合我的风水，就需要很干净，都是直的，没有弯的。只有在这样的环境，我才能静下来。其实每个人都有每个人的风水，你要找到适合自己的风水。对我来说，每天画完，必须把东西摆好，碗洗干净，什么都安置好，我才能安静下来。这就是我的风水。

什么是风水？

桌子怎么放，椅子怎么靠，旁边是一堵墙还是一扇窗，再旁边是池塘还是臭水沟，这些都是风水。其实就是让你找到最舒适宜居的环境，让你的身体和心理健康成长。比如说茶室，主人坐哪里，客人坐哪里，旁边是摆花还是摆茶，配什么颜色，怎样让客人感觉舒服，这些其实都是简单的初期的风水。

大学的时候我学过的人机工程学，就很像风水——椅子多高，才更适合人膝盖的弯度等。每个人都不同，

小仙是莲羊画中常会出现的，得到了许多人的喜欢，每个人从其中都解读出不一样的自己，莲羊听着，心里很高兴。

莲羊曾被称为“中国最年轻的造龙师”，其笔下的龙总是神韵备至。

所以风水不能一个人套所有人。它就是一个可以这样理解的东西，只是很多人把它解释玄了之后，就会显得迷信。风水说简单点，其实就是一个人在社会、家庭中的位置，还有你的座位的摆放。核心就是找到最适合自己、最舒服的位置。

“忘记我是什么，忘记我会什么，从零开始”，这是你的信条吗？

基本上就是这种感觉。学岩彩画的时候，很多国画的技法是用不上的。人生是爬山头，爬到顶端，看到远处还有个更高的，我就想去。可是怎么去呢，需要先下山，到谷底，然后再爬山。这个过程不是很多人愿意体验的，这是人性，你本来在顶峰，又要从零开始。

不过每一次从零开始，之前的山头也属于我，现在的山头也属于我，占山为王，有点儿像古人说的杂家。船多的时候，也不是坏事。

你曾说带给你人生转折的，是安室奈美惠的一首歌，一切是怎么发生的？

导火索确实是安室奈美惠和蔡依林的 *I'm Not Yours*。有朋友说那个 MV 符合我的口味，我一开始没当一回事。后来看了一下 MV，不知道哪根筋就被点燃了。

我小时候不懂事，说家里要装成妓院那样，古装片里那种——大厅里吊满红灯笼、红绸子，有大金牌匾、漂亮的姐姐，这是我灵魂中喜欢的。MV 里就是两只狐狸精在山野间勾引人，把他们变成驴子。那种环境踩到我的点了，心里的某个东西就这样被点着；又好像发烧了一样，皮肤在发烫，我的心在暗示自己某些东西。

然后就去了西藏？

那个春节就在躁动中，无法回家。反复听那个曲子，听几十遍，不睡觉。正好有一个朋友是拉萨自助游的导游。我就突然联系他，问如果去拉萨什么时候合适。他说过完春节就可以。大概四月份吧，雪一化，我就搭上飞机，到了拉萨。

莲羊

新浪微博 ：@ 莲羊

微信公众号：莲羊（artlianyang）

待了约两周，当时有很多奇遇。其中之一就是遇到扎基拉姆。听当地人说，拉萨有财神，而且是女财神，很神，外来的旅客也保佑，我就说一定去看看。到了之后，发现门口都是卖酒的，因为女财神喜欢喝酒，于是我也买了酒和哈达。

本来对她期望很高，没想到进去之后看到她的相——前面是两个大酒缸，满满的，被哈达埋没了；只有一个头，纯黑的头，黑色的皮肤，很长的舌头，眼睛瞪得很大很圆，这就是藏佛里面的怒相。我当时就感到很愤怒。我们中国唯一的女财神，你怎么会长这样呢，你的理想是无法传播的。然后就想到，我作为一个画画的，要重新为你画一张像，让你的信仰传播。

扎基拉姆对你的人生有什么样的影响?

扎基拉姆让我开始真正体验到岩彩的魅力，学会用厚涂法，产生璀璨的效果。接触她以后，财神爷也开始帮我。刚开始时，学费、岩彩材料费、生活费就要花五位数出去，对于这种消耗的程度，如果没有稳定的收入，心理压力是很大的。扎基拉姆开了个头，三个月的时间，我在国内所有的画全部都卖了，我的卡里瞬间就有了很多钱。

她还牵引我到了日本，过上很丰富的生活，遇到很多帮助。顺心而为，会收获到意想不到的效果。

我的画，是真正喜爱的人、对扎基拉姆有信仰的人，会喜欢的。每次画好，我会供养半年，每天和她喝酒，和自己的灵魂对话。你看，到现在，都是她在帮我。

莲羊

画家莲羊：或宠或辱，不动其心，为画师之道

捏泥做陶，居山中相守一门手艺

陶艺家陈知音

和爱人相守一门手艺
过简单的山居生活
自由而宁静
最是养心

小书 | 文
陈知音 | 图

01

02

01—02 | 2014年6月，知音和其奕来了一场说走就走的旅行，从景德镇出发，由东往南，历时一年。吃饭露宿就在山野林间，垒几块石头，生火煮茶，听听山风吹得松涛阵阵，享受纯然的行者生活。

打开陈知音的朋友圈，满屏尽是水雾氤氲的羊肉汤、炖萝卜和柴火灶蒸出来的饱满圆润的馒头，要不就是炭火炉上温着的梅子酒，看着就觉得能闻到酒香。第一印象还以为陈知音是个料理达人。其实，细看下，那些盛放料理的朴拙不抢镜的碗盘茶斗，才是陈知音的看家手艺。

“我之前在杭州的设计公司做过品牌策划实习，很累，但是做得也还不错。我一直以为自己将来就这样作为一个城市上班族朝九晚五地活下去。”陈知音说。

如今陈知音是一位陶艺手艺人，工作生活在景德镇。对于陈知音而言，这个小地方有着独特的吸引力。世界各地的手艺人聚集在此，陶瓷制作原料充足便利，她在这里学到了柴烧这种古老的陶瓷烧制技艺。在柴烧学习班上与现在的伴侣，也是青年陶艺家的刘其奕一见钟情。从此她在此扎根，与爱人共同打磨一门手艺，过得自由而宁静。神仙眷侣般的生活，触手可及。

现在，陈知音有自己的小柴窑烧制自己想要的作品。她不喜欢做外形漂亮、造型奇特的作品，而是追求柴烧作品质朴、浑厚和古拙的美感，器型也多围绕自己日常能用到的实用器皿。

01

02

01—02 | “坐在公交车上看着窗外日升日落，看着大都会的灯红酒绿一帧一帧在眼前闪过。我曾以为会陷在这人世繁华中，在朝九晚五间度过未来。”现在自称“山里人”的知音在制作和烧窑之余，日子也很忙碌。春季，两人与村民结伴去摘山蕨、挖春笋。山上有本地茶叶，要忙着采茶，其奕也要彻夜地炒茶，忙碌下来，每年也能制得不少斤两，自己喝也送朋友。

03 | 知音和其奕在依山傍田的沉静中生火劈柴，拉坯烧窑。他们一个月只专心烧一窑，认真又笃定，不急躁不功利，保证每一件作品的质量。他们的整个人生，远离人为设定的尘世喧嚣，返璞归真中遵从初心，“水流溪谷隐苔碧，云尽江天见月明”，自成天趣。

03

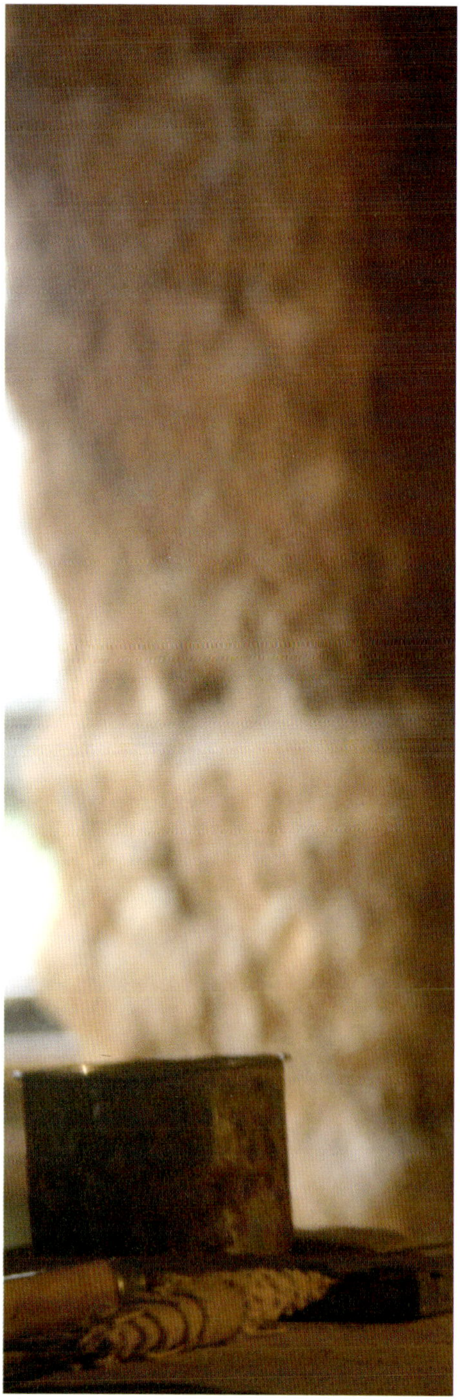

ALTERNATIVE DREAMS × 陈知音

柴烧有什么讲究?

柴烧其实是一种特别古老的技艺，烧窑的难度很高，土、火、烧、窑缺一不可。土得是泥巴晾晒得来。我们平时用的泥巴大部分都是自己去山里田里挖来的，因为里面有很多杂质，所以我们要晾晒之后不断地过筛，直到把合适的成分筛出来。筛好后的泥土还要在缸里沉置一段时间，沉置的时间越长，泥土的效果就越好。制作作品的过程中，晒筛沉置的时间基本就要花去半个月到一个月的时间，这样才能得到想要的干湿度。

之后拉坯的过程大家应该在电影里面见过不少，就是转动塑形，制作你想要的陶器样式。陶器要干燥一个多星期后才能入窑烧制。我做柴烧用的木头基本都是收到什么用什么，直接拉到我们自己盖的窑旁边。其实整个制作过程最费体力的就是最后烧窑了，因为要控制火力大小，所以最后

知音很是沉迷于柴烧这种“自然”参与感极强的技艺，因为自己所有的准备都无法完全控制大局，每一个过程中的微妙变化都会演变出难以预测的结果。

陈知音

微博：
@陈知音
@刘其奕

烧窑根本离不开人。一般两天的烧窑，我都站在窑旁边，不断往窑里添木柴，控制节奏。离窑近时，温度高得令人浑身冒汗，特别是夏天，烧窑就跟水打过一样。虽然很辛苦，可是等作品烧完，冷却好了，拿在手里，那种满足感会让你觉得一切都值得。

有没有对你来说印象深刻的柴烧作品？

印象最深的柴烧作品是我老公的。当时我还没有自己烧制作品，我跟着他第一次一起烧窑，一起熬夜。烧完窑后，他把作品取出来，是两个碗，特别漂亮。当天他做饭给我吃，就是用的刚出窑的那两个碗盛的饭菜。我觉得特别感动，这两个碗也是我最难忘的柴烧作品。他的作品非常动人，他专注的创作态度和古拙的作品风格深深地影响了我，所以我的大部分陶器也都是以自然落灰为底的、比较朴素的不上釉作品。

说说让大家羡慕的“旅行一年”的故事？

“旅行一年”其实是我和我老公的一个作品展的名字。2014 年 6 月的时候，我刚装修好山里的房子，搬了家也搬了工作室。趁着转换的机会，我们切断工作状态的惯性，买了一辆面包车，把内部稍微改装成可以睡觉的地方，然后就出发了。

从景德镇出发，到了安徽、江苏、浙江、福建、广东、广西、贵州、四川，休息都在路上和车上。当然也不是漫无目的地瞎走，我们去了宜兴、德化、龙泉这些陶瓷“大”制作的“小”城市，拜访了很多陶器手艺人。若是兴致来了或是灵感突现了，就在那些城市的陶厂留下来制作陶器。这样一路旅行、一路创作，直到 2015 年 4 月，

01—04 | 知音的作品，基本不见釉面繁复、造型奇特的作品。她的陶器多是以自然落灰为底，观感浑厚、古拙而质朴，每一件作品都独具个性。生活中常用的食器、物件能动手做的基本都是她自己烧制，一箪食，一瓢饮，品味日常。

01

02

01—02 | 清晨的家，有城市格子间难得的金色阳光。

03 | 精巧的农家小食，给生活带来了别样风味。

03

这场持续了十多个月的旅行才结束。

这一路我们烧制了大大小小百来件作品，想着办个展览找朋友一起来看看这些作品，最后就取了“旅行一年”这个名字。

现在回想起来，这段旅行真是太幸福也太受益了。我整个人都在自由的状态下创作，没有任何生活琐事烦扰。看到当地有什么好的材料，冒出什么好的想法，直接撒开来做就行，完全遵从内心。白天忙完，晚上就打一大桶水，直接在厂里的院子里洗澡。看着星星和月光穿过树林的美景，觉得人生特别满足。

对未来的状态有什么期待?

其实对于生活和工作，我觉得最大的乐趣就是认认真真完成一件事情后的舒畅。

像现在，我每天早上都骑自行车穿过长长的山路去菜市场，买路边的一些爷爷奶奶自己种的菜，然后回家炖汤做饭。家里的柴火灶是我们自己砌的。我能看着厨房外面的山林田地，认认真真地做一顿饭，然后去工作室制作能盛放我的料理的作品，这样的生活状态我很满足。可能将来，我会将我的作品和我的料理一起打包开放，做一个私房菜馆也不错。

一日日营营役役
忙着死，还是忙着活
自己最知
简单的生活啊
触手可及吗

双手造物

HANDS CREATION

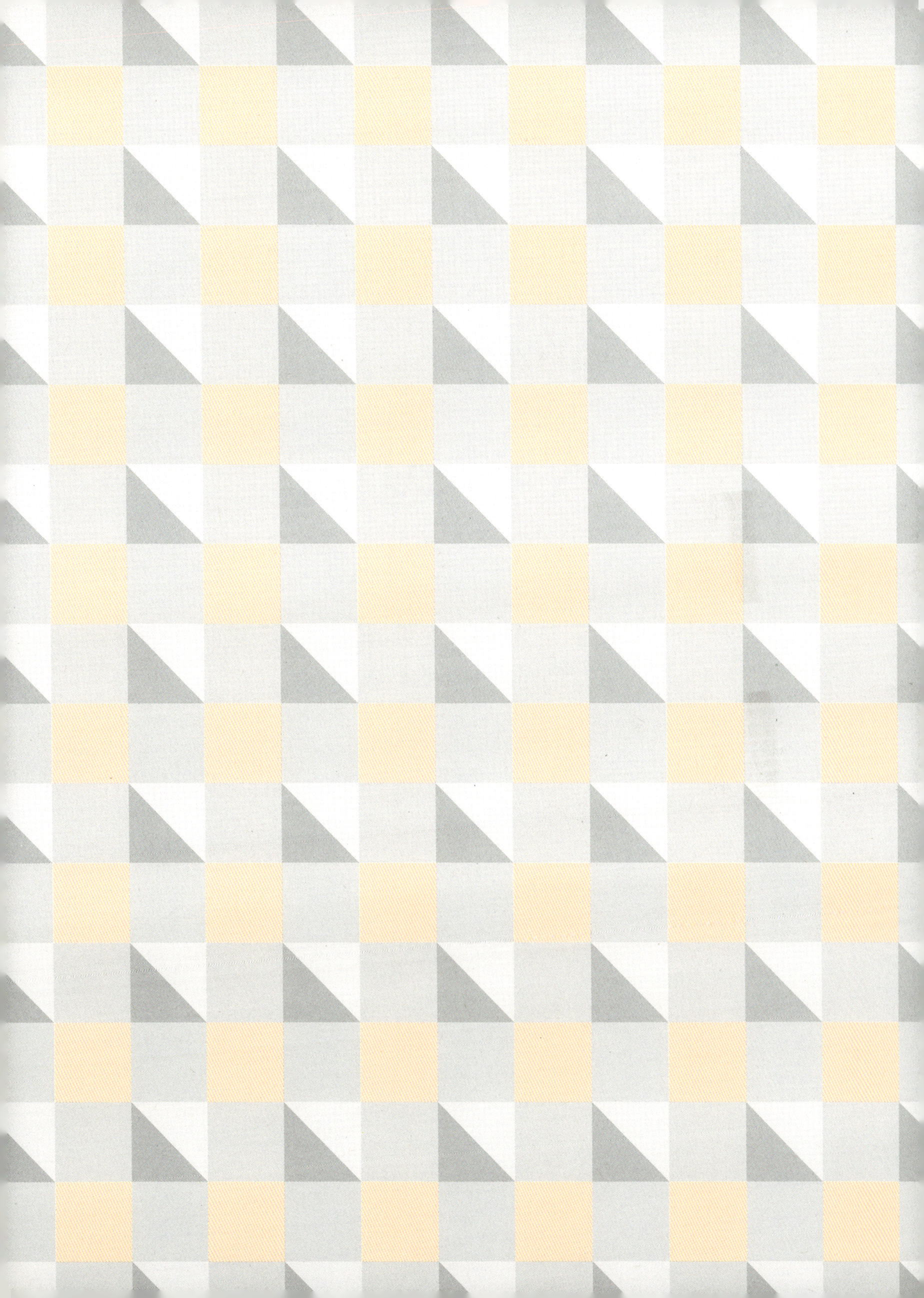

我的现在与未来，都在收藏过去

旧物仓杨函憬

◎ 他叫杨函憬。

那些认识他的人，客气一些的会叫他“旧物君”，性格憨直的干脆就叫他“收破烂的”！

云晓 | 文

杨函憬 | 图

杨函憬

2003 年至今，他一直在厦门“收破烂”。他收的破烂并不加价转卖，只是存着，以至于十多年里做策划和创意设计等工作获得的收入，全数被他用来干这件不务正业的事。

为了存放十几年收集的“破烂”，杨函憬在厦门找了一个一千平方米的老仓库。

有关厦门这座城市近一百年的生活都在这个仓库里得以重现。

20 世纪 60 年代的鸡公碗，70 年代的粮票，80 年代的铁皮盒子、录音卡带、旧沙发、老式大碗柜、老花砖和老铜锁……这些物品或多或少有些残缺，原本已经从我们的生活中隐退，消逝在记忆里。

站在杨函憬的老仓库里，眼前浮现的是木心诗里有关从前慢的景况。从前的日色变得慢，车、马、邮件都慢。从前的锁也好看，钥匙精美有样子。

来旧物仓的人里，有牵着手的老奶奶们专程过来看她们少女时用过的梳妆台。还有老爷爷站在柜子前，喃喃低语“我当年用的就是这个样子的呀”。

近百年的旧时光，就这么轻易地展现在人们面前，让人们平白生出“人生天地之间，若白驹过隙，忽然而已”的感叹。

也有人惊叹竟然有人收破烂收到如此疯狂的地步。连杨函憬自己都无奈地说：“杨函憬你一定是疯了，才会那么想要买一堆垃圾。你一定是疯了，才会开这么巨大的旧物仓。”

然而，即使再多无奈，他还是要放纵自己这么疯一场。

收旧物缘起 2003 年，他在旧货市场遇到了做饼的木头模具。模具木质良好，上面精心雕刻着花朵图案，仿佛还能看见糕点师拿着它的模样。杨函憬被旧饼模自带的沧桑感触动，想着可以拿回去做老别墅的装饰，于是扛了整袋回家。

世上有一处名叫时光的角落，它懂得深情，懂得慢。

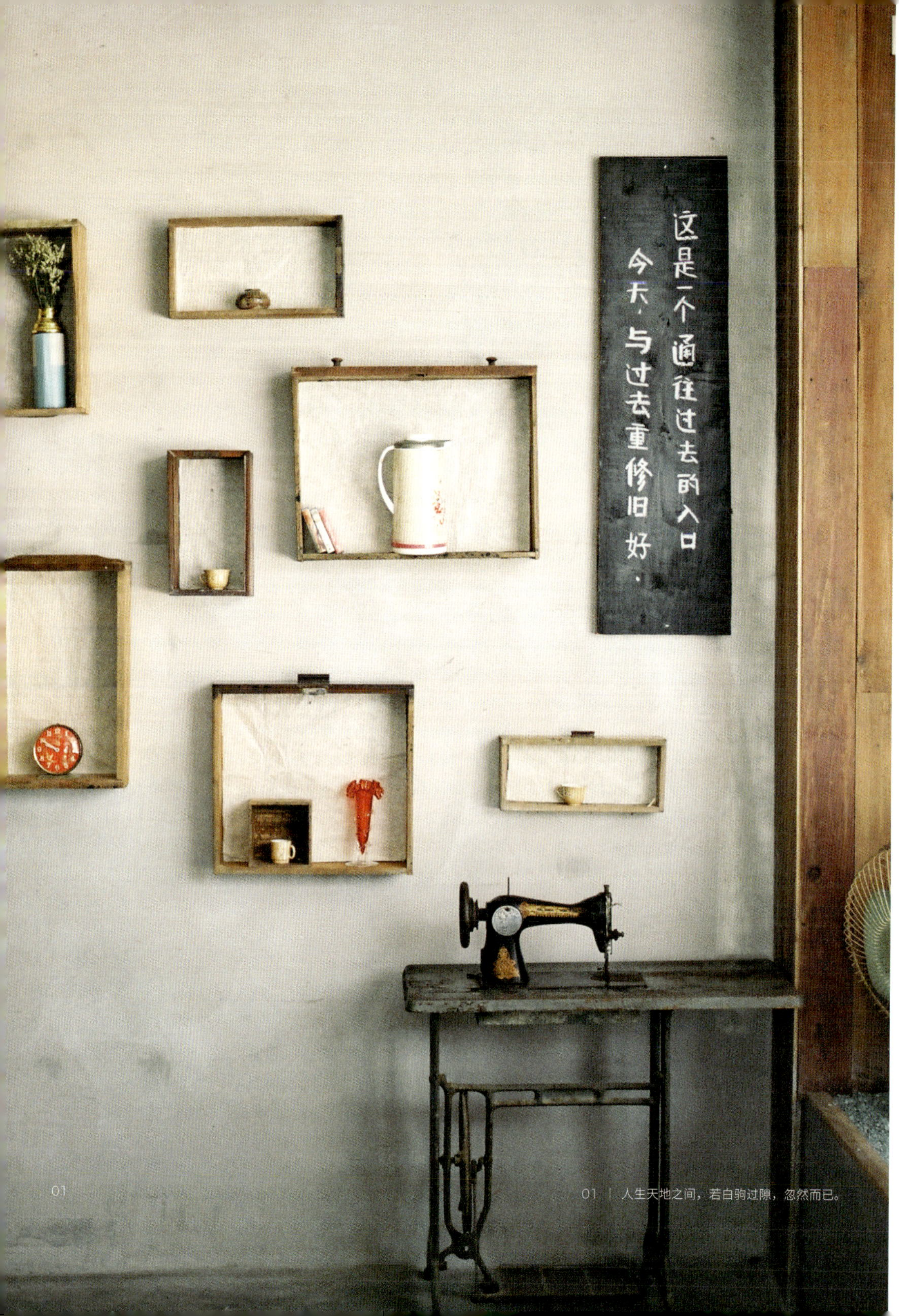
这是一个通往过去的入口
今天，与过去重修旧好。

01

01 | 人生天地之间，若白驹过隙，忽然而已。

02 | 旧物仓入口处

03 | 杨函憬说“爱让旧物变成了宝贝”。

04 | 许多旧式的木凳，坐过的人或已长大，或已老去。

05 | 每个物件，都记录着一段发生。

02

03

04

05

大多数回忆已经沉睡，只有真正珍贵的事物才愈加清晰，成为生命里的那个 Goodone。

没想到对旧物的瘾从此一发不可收拾。从花砖、旧家具、碗、杯子、电话机、花瓶、桌布，到篮子、箱子、钟表、水壶以及灯具等，他几乎遇见就收。

为了收到好的旧物，杨函憬还在厦门发展出了不少“线人”，比如收废品的大爷、二手店的老板和居委会的大姐。

起初他的线人主要集中在鼓浪屿一带，慢慢地，八市、将军祠和厦港等老城区都有了他相熟的线人。杨函憬把这些线人都称为“时光猎人”。

最初，时光猎人们出于好奇单纯帮忙，只想看看这个留着山羊胡子的男人想搞什么名堂。随着交往时间越来越长，大家从最初的好奇心驱使到被旧物件唤起心底柔软的记忆和情感，而想要主动留下一些时光的味道。

“这个是我小时候玩的呢。”

“那些个老物件，越看越有味道。”

有人说：“现在一切都太快了，看到这些旧物，好像是种提醒。提醒一辈子太短了，认真爱一个人，吃一餐饭，做一件事，都不要急，要慢慢来。”

随着时光猎人逐渐增多，杨函憬收旧物愈加方便起来。厦门老城区的房子他几乎都有挨家挨户拜访过。收旧家具、老物件要靠缘分，而收花砖，还需具备匠人般的细致用心。

2005 年，杨函憬在厦门的华侨老别墅里遇见老花砖。那些花砖都是旧时的手艺，最“年轻”的花砖也有三十多年了。杨函憬跪在地上看得入迷，好像每块花砖都闪着光。

从那时起，他便开始了收花砖的生活。只要看到有被遗弃的花砖就跑去捡，就连碎的也不例外。工作之余也会叫上朋友一起去工地或是拆迁的旧社区当民工，别的都不干，只挖砖。一天下来，脸上免不了是汗和灰，手上是大大小小的伤口。

从一开始收花砖，杨函憬便像对其他旧物一样爱其爱到覆水难收了。光是存放旧物的仓库杨函憬就租了七八个，到了 2012 年，他的经济状况出现问题，所有积蓄都花了进去，窘迫到连生活都成了问题。

他一个人，除了一堆心爱的破烂，一无所有，只看着仓库里不时拜访的老鼠，想着因收旧物而欠下的债。

因为从小生活在农民家庭，贫穷几乎一直伴随着杨函憬的人生记忆。与众相反，贫穷让他愈加看清自己。他说：“因为人越来越清简、瘦弱，只剩风骨，遂万事不觉寒。”

一无所有，因而无所畏惧。

为了让旧物能留存下来，杨函憬只好把所有的旧物集中到厦门最烂的工业区，冒险开仓售卖。杨函憬绝没想到的是，赶上复古浪潮，旧物仓一经开放便受到追捧，奇迹般存活了下来，并且成为全厦门最有味道的旧物仓。

“就算曾经走遍各处寻来的旧物要四散而去了，我也是开心的。因为我尽可能留住了一些，尽可能让旧时代的美被看见。”后来，最有味道的中古厨房就是无意间从旧物仓里生长出来的。为了让旧物件的生命可以真正鲜活起来，杨函憬在一堆破烂里折腾出一间厨房。

日常器物唯有使用，才能使其价值得以延续。旧床板、老抽屉、老碗柜和老碗器，除了是从前的旧物，还要有从前的味道。

他打电话回故乡小镇问妈妈，却发现许多记忆中的味道都已随时间消逝，于是又和伙伴们开始了寻找记忆深处的味道之旅。他邀请妈妈们来中古厨房做拿手菜，他笃定地相信，世界上最好的厨师是母亲，而最幸福的就是听见妈妈喊——开饭了。

跟随四季，不时不食，每一粒米、每一滴油都要探寻出个中真理。随着探寻到的食材越来越多，他又定期开放了中古家宴，每次名额都会被一抢而空。一群陌生的人坐到一起，与记忆中的味道相遇，好好吃饭，慢慢聊天，这样简单的情感，已经是弥足珍贵。

杨函憬没有想到，花了十多年做的疯狂无用之事，曾让他走到破产边缘饭都吃不起的境地，却奇迹般走到今天，成为许多人的情感慰藉。

大多数人的志向都在未来，而杨函憬只对过去感兴趣。

落魄时，别人说他是疯子；成功了，别人说他是个理想主义者。他说，那不过是出于骨子里的执拗。有的东西，近乎命一样的存在，倘若不能为内心所爱而疯狂，那么，终其一生，追求到的不过是一种消费主义和从众的理想。

我们心底其实都羡慕
即使卑微也要坚持的疯子
为内心所爱而不顾一切的傻子

Goodone 旧物仓

厦门市湖里区华美空间 A3 栋 116—126 号

开放时间

周一至周日 10：00 ~ 21：00

微信公众号：goodone 旧物仓（qscy0601）

在食物里，那份对于家的思念终于有了回应。

01 | 厨房里，有着世界上最伟大平凡的魔术师。

02 | 中古厨房

03 | 若是一个心情很坏的人来到厨房，也会在美味面前缴械投降，放弃自己的坏心情。

04 | 当桌椅已经整齐地摆在灯光下，接下来便有无数场聚会发生。

02

旧物仓杨函憬：我的现在与未来，都在收藏过去

01

03

04

05

05 | 每个人都能在旧物里找到自己的情感密码，
就像在自然里突然读懂了生命。

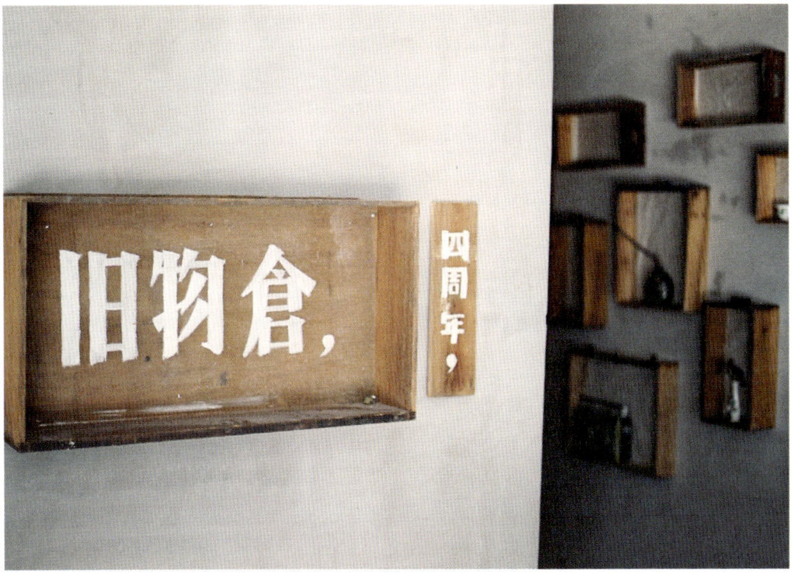

借山川草木，染衣而静心

草木染往夕

◎ 你只要干干净净
安安静静
便看得清清楚楚

苏慢慢 | 文
往夕 | 图

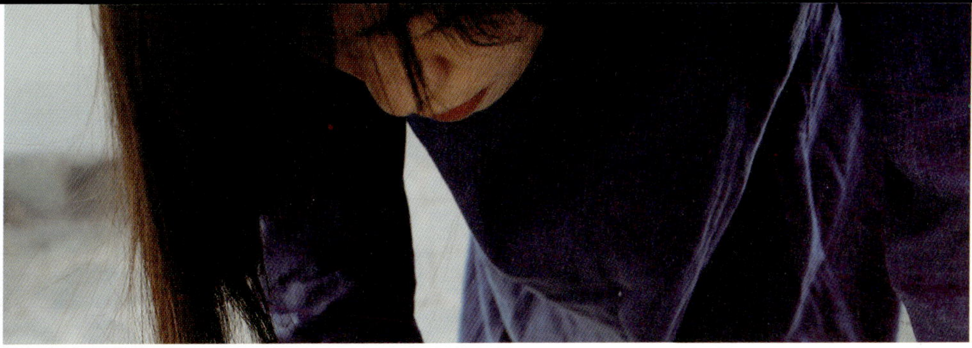

草木染艺术家、生活美学家往夕

往夕，草木染手艺人。学习西方文学的往夕，大学毕业后进入一家美国出版集团。当工作开始变得程式化时，往夕开始思考，这大概不是她真正想要的生活。

那天，她走进朋友的艺染工作室。这间位于北京内城小胡同里的工作室不太大，空气流通也不太好。朋友正埋首熨烫染好的围巾，蒸汽熨斗一下激起了米酒泡过的靛蓝的气味。“那个气味太好闻了，直到今天一回忆起当天的场景，我还会想到这种气味。”

往夕一件件地摸着、看着工作室里的草木染作品，心生欢喜，就此爱上了草木染。她买回很多草木染作品，开始跟随这个朋友学习。

“有没有一件事，你在遇见之后就突然下定决心，这就是我要的，要一直去做的？草木染对于我就是这样一件特别的事。总是有朋友问我是否学染织出身，其实我是典型的半路出家，所学的专业是西方文学，提起来两者几乎毫无关联。平日里所好也只是读书、烹饪，而阅读和手作似乎都是可以不说话一个人静静完成的事。染一匹布，做一道菜，读一本书，在沉默的时间里完全放空或者与自己对话，是一种莫大的幸福。”

草木染，也称植物染，利用天然植物、中药材、花卉、蔬菜、茶叶等制成染料，为织物染色。草木染取法自然，无污染，其色素能分解，回归于自然。染出的织物色泽纯净柔和，散发草木清香。

往夕的第一个草木染系列作品叫“屋漏痕”，用的染材是薯莨。“屋漏痕”是书法术语，源于颜真卿与怀素关于草书的一场对谈，比喻用笔如草屋土墙漏雨之痕，无起止之迹，朴茂自然。往夕将书法中的这种意象应用在草木染作品中，选择既有垂感又有很多褶皱的纯棉面料，用薯莨染出淡淡褐色，形似水墨，渐晕渐染，在反复二十余遍的染制中，留下时间的痕迹，呈现出远山般水墨晕染的感觉。

靛蓝染，可以染出最浅到最深的二十二种蓝色。

01

02

03

04

05

01—05 | 靛蓝染是一个费时费力的过程。把从云贵山区农妇手中买来的靛泥泡进几十斤米酒的大缸中，有时需要一周的时间等待染液还原，用半个月时间反复染布、反复晾干，以得到想要的蓝。或忧郁，或冷静，或广阔，或淡远。

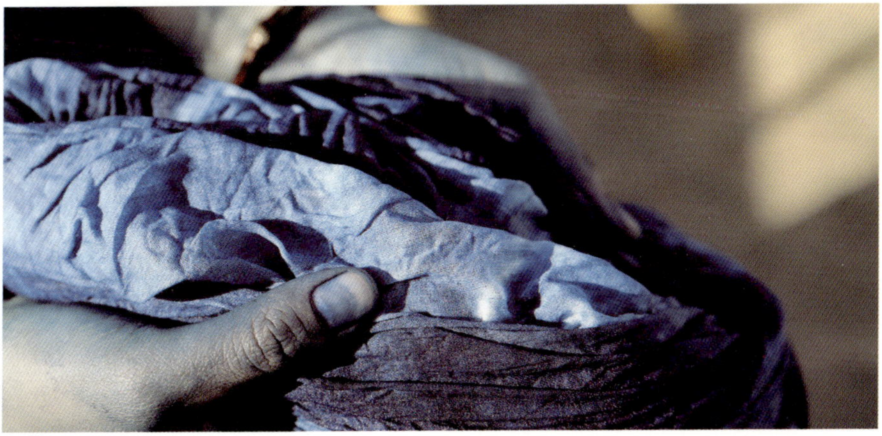

草木染往夕：借山川草木，染衣而静心

01 | 往夕“草木的颜色”展
02 | 蓝染家居靠垫
03 | 蓝染夏裙
04 | 蓝染丝麻旗袍
05 | 蓝染风衣
06 | 色织亚麻套装

01

02

03

04

05

06

草木染的门类很多，往夕最喜欢的是靛蓝染。

靛蓝染是草木染中最特别、最繁复的一种。其他草木染都是“媒染”，就是将熬煮植物得到的染液通过明矾、草木灰、泥土等媒介来染色，而靛蓝染是唯一的还原染。

往夕从云贵山区的农妇手里买来靛泥，放入装满几十斤米酒的大缸中，再加一点儿食盐，等待靛泥还原。还原的时间大概需要一周，气温不同，还原的时间长短也不一样。在整个还原过程中要不时观察缸中浮泡和染液颜色的变化，有时还可以尝一下它的咸度，其中分寸的拿捏只能根据经验来判断。

靛蓝染可以染出从最浅到最深二十二种蓝色，最深的蓝甚至带着红光。一遍遍重复染、洗、晒的过程，有时甚至需要花费半个月的时间，才能得到想要的蓝。

等待蓝色与染痕慢慢出现的过程是充满惊喜的。“总在染中不经意被触动，比如一条吊染的靛蓝丝巾，晾干后竟清晰地出现一轮明月般的染痕，蓝色的海面，闪动着波光粼粼的谜语。”蓝色具有丰富的情感启示性和想象空间，或忧郁，或冷静，或广阔，或淡远。对于往夕，蓝色是一种安静的颜色。往夕工作室的布置主要使用蓝染布，她说自己一走进这个空间，就会觉得很踏实。草木染对于她来说就是一个小小的、自己待在那儿不那么心累的地方。“想象一个靛蓝的空间，你行走或安坐在这里，是沉静还是孤独？”

2015年末，往夕做了自己的第一次个展“淀”。“淀”，通“靛”，指古法染就的蓝，此外还有沉淀、沉积之意，蕴含了自然造物缓慢、细微的时间性。往夕用蚕茧、蚕丝、绡、麻绳、竹子等自然材质，构建了一个“无用”的靛蓝世界，将观者带入一个可进入、可触摸、可行走其中的感性世界。

用一个星期的时间等待靛蓝染液还原，用半个月的时间反复染反复晾干，用一个月的时间做一件夹棉的袍子，细细地设计、打版、剪裁，数十次反复修改，再自己拼缝刺绣熨烫好，最后得到一件足以抵挡冬寒、带来温暖的棉袍。“那种满意真的难以言说，会觉得很富足。”

往夕说：“设计师抑或手艺人的主业其实是生活，是研究怎么活着。穿着怎样的服饰，选择怎样的布料，终归是生活方式的呈现，是内心的某种认同与趋向。”

她做草木染并没有想要回归传统或宏大的理想，只是因为草木染符合自己现在的生活状态。“喜欢看见它的颜色，触摸被染色后织物的肌理，还有每一次下染不可预期的美妙染痕……就是这些细微的感动，让我一直对它质朴的奥妙好奇而期待。”

安静，等待
双手劳作
慰藉心灵
手艺人的主业
其实就是生活

往夕工作室

北京市朝阳区东朝时代创意园东区 3 号楼 106

微信公众号：
往夕工作室
(Wangxi-Studio)

鸟叫虫鸣和风铃的清音，
是草木染和谐的伴奏。

隐世种苔，居幽暗而兀自努力

植觉先生潘锐

◎ 苔

不争不抢，不声不响
无蝶来绕，无虫来闹
在最不起眼的角落
看微风习习，阳光正好

小书 | 文
潘锐 | 图

潘锐

穿棉麻长衫，戴黑框眼镜，有着与世无争的淡定眼神。明明手持剪刀水壶，赤脚沾满泥巴，松垮垮无所谓的样子，却还能有一副不染世俗的出世之态。这姿态，让人很难与他少年时就开始闯荡江湖的经历联系起来。

潘锐从小在山里长大。十三岁，同龄人在读中学，他逃学离开大山，一个人到城里打工。从安徽一路干活儿到深圳，后又漂到杭州。

打工仔漂泊无依。为了养活自己，他没有挑活儿干的资格，看店，帮厨，理发，送货，烧锅炉，甚至还当过焊铁工。

十七岁，潘锐在杭州当了一名花店学徒。相比从前干过的那些杂工，照料花草、整理植被的生活勾起了潘锐儿时山林间的记忆，在这里他如鱼得水。从学徒做到花艺师，潘锐后来还升任了花店总监，活得总算有点儿模样了。

他那时的状态让很多人眼红。每天睡到中午一两点，吃个饭，三点上班，没有太多的活儿干，就在公司上网聊天抽烟，轻轻松松拿到几十万年薪。对于一个连高中文凭都没有的打工仔来说，有这样一份工作，真算得上打工皇帝了。

“很多人觉得，这样的生活不能再赞了，然而在我看来，自己在慢慢地变成一个废人。”

对生活的迷茫和焦虑无法排解，潘锐像十三岁时逃学一样，又一次逃离。这次有钱不用打工了，他也来一场说走就走的旅行。跑到机场，随便买了一张机票飞出去，期待能在路上找到答案。

他去了很多城市，每到一个地方，什么都不想做，就一个人傻傻地坐着，思考人生……

有人在旅行中得到治愈，但潘锐的旅行，让他濒临崩溃。旅行结束后回到杭州，生活还是那样。面对空荡荡的未来，这个男人竟控制不住地号啕大哭，觉得自己什么都做不了了。

人最大的敌人是自己，潘锐终于体会到了这句话的意味。年少打工的艰辛都没有消磨掉他的斗志，如今却被内心巨大的空虚吞噬了所有热情。

正要如自己所料成为一个废人时，潘锐看到了桌上一盆自己养了几年的苔藓。也说不清是什么机缘，潘锐盯着那盆小小的苔藓，感动于它一动不动、不争不抢的

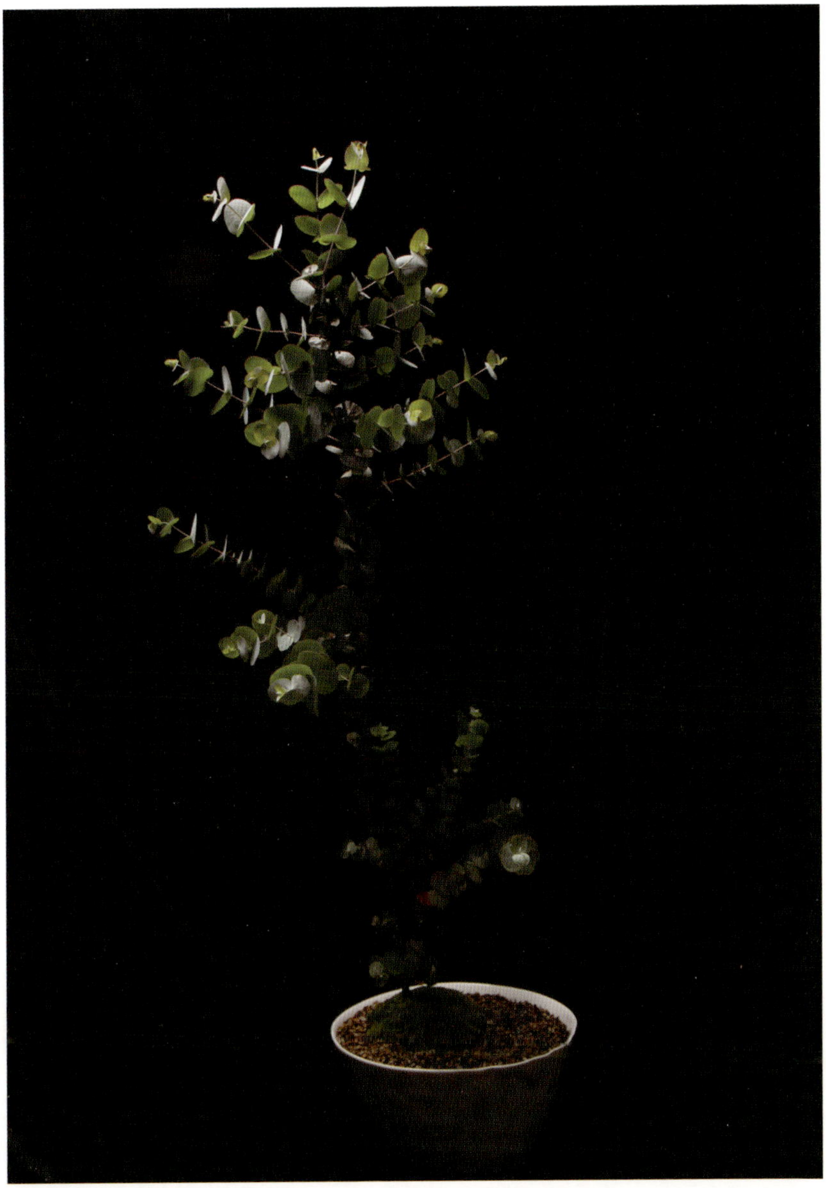

我们的视线会停驻在姿态秀丽、枝繁叶茂的花木上，大概很少注意到树底不起眼的小植。

01
02

01—02 | 它们从不争奇斗艳，只是默默生长，用朴实的姿态衬托别人的明媚挺拔。

姿态，由此联想到自己的未来。

苔藓不似其他花草树木努力向上争取阳光，它永远在树底默默生长，环境不适时会休眠，顺应四季，于微细处转换自我。

在植物中，苔藓从来不是主角。它用自己的朴实无争，衬托其他花木的明媚挺拔。

在苔藓身上，潘锐看清了自己希望拥有的人生姿态：不争不抢，不受制于名利之惑，任世人争奇斗艳；如苔藓般安安静静地做个不起眼的过客，最敏锐地感知习习微风、一米阳光。

于是，他辞了职，将身心托付于苔。

从此，“万头攒动火树银花之处不必找我。如欲相见，我在各种悲喜交集处，能做的只是长途跋涉的归真返璞”。

大概是苔藓从古到今太“没有地位”，潘锐找不到一本关于苔藓养殖的教学资料。他走遍杭州的山头，将遇到的苔藓全部采集回来养殖。

一件青苔盆景，需要短则半年的时间养护，长则甚至要两三年。身上的躁动之气，慢慢被植物和时光磨得柔软而有耐心。

日复一日，潘锐逐渐摸清了苔藓的脾性，研究出门道来。也许是他此生注定要做这件事，潘锐的手艺突飞猛进，他对人生也感到前所未有的通透笃定。

2012 年，当积蓄就剩两千块时，一个朋友资助潘锐在外桐坞村租了个小院子，取名“植觉”。他按照各式花草的阴阳习性，选择不同的朝向种植，为它们搭配合适的“邻居”，创造出一个郁郁葱葱的植物王国。

二十平方米的院子被他种了上百种植物，地上种不下的，他就种墙上，种屋顶上。三年下来，绿意早已从头到脚爬满整个院子。

潘锐在“植觉”隐居三年，小院不对外经营，却欢迎不速之客。“门就开在绿植

植觉先生潘锐：隐世种苔，居幽暗而兀自努力

01

01 | “植觉先生”潘锐，带着洗尽铅华后的从容淡定，在他的植觉小院中与苔藓一起，组合成一个奇妙和谐的小世界。

02—05 | 因为没有教科书，植觉先生得自己摸索青苔的习性。枯了得研究如何增加营养，死了还需用新的方式重新培育。在他手中，形态各异的苔藓能够搭配在原始的新疆石头上、有岁月沉淀的紫砂壶中，以及各种形状的透明玻璃瓶里。

02

03

04

05

中央，如果你有机会来到这里，请自由出入，我可能没太多时间招待，但是我很好客。”

潘锐在网上售卖一些作品，以维持基本生存。

饶是如此，也没影响“植觉先生”被“网红”的节奏。想投资的人没间断过，他一个也没接受，自找“清贫”，很多人不理解。

他说：“我不是清高，也不排斥商业，但是‘植觉’并不能像花店一样快速扩张，或者很快实现商业价值，所以我不想辜负投资人的信任。”

“这是我一辈子要做的事，干吗那么着急呢？”

我们周围从来不缺虚荣浮夸和吃相难看的人，但真正能被记住被尊敬，推动行业向前发展，并且自己能在过程中享受乐趣的，是那些忠于本心、执着坚持的人。

不争、不抢、自然、自由、自乐是潘锐从苔藓中悟出的生活哲学，也是他的人生信念。

2017 年七月，潘锐的“植觉”小院对外开业。因为他当了爸爸，要更努力地养家糊口。现在的“植觉”更符合潘锐对于匠心的理解，它承载着全家的生计和潘锐对创作的执着，在入世的责任和出世的自在之间，他找到了微妙的平衡。

植物立根为本，人也一样。人的根，是托付身心的事和由此所悟的信念，无此，便如浮萍。任你漂过多少江河，经过多少风浪，也终究填不满心里的那个洞。

世事再喧闹
有这样的人就好

植觉先生

杭州西湖区外桐坞村 77 号

新浪微博　：@ 植觉先生

微信公众号：植觉（intuition77）

植觉先生终日穿梭于花草泥土之间，净是一派与世无争的模样。

一盏茶，让人间烟火处成方外之地

茶人伍宝

◎ 茶人伍宝
就是这样的人
听琴、点茶、插花、挂画
不贪高
不骛远
不妄言

云晓 | 文
伍宝 | 图

茶人伍宝

“浅山茶物”是伍宝开在成都的茶舍。“浅山”者，敬畏人间山河的高深莫测。

茶舍开在成都闹市区，并不避讳喧闹繁华，反而以包容的姿态在一片人间烟火中，执起清净明亮之灯。门口有一棵无花果树，大门上贴着一副对联——“且就春雨煮新意，笑看归人似故人”。对联的红纸在风雨中褪色淡去，却愈见干净雅致与清气真诚。万物都在静候时光的雕琢，伍宝与茶相依在此，静候有缘人一期一会。

伍宝与茶结缘是在 2004 年。那时她为马来西亚的茶商写专栏文章，需要查阅大量关于茶的资料典籍，于是被中国茶文化的博大意蕴所打动。

2005 年，她感到光是通过书籍资料研究茶没有直观的感受，总有“隔靴搔痒”之嫌，于是她决定到云南的茶山里看看。在云南，她遇到了她的茶道老师。老一辈茶人讲究茶本主义。如果写茶光写文化，不去看茶树怎么生长、怎么炒茶、怎么制茶，就好比树下无泥，看似有形，其实却难得精髓。

伍宝说，喝茶也一样，如果只喝文化，只喝姿态，不去感受茶的苦涩、甘甜，那么你在喝茶的当下，便已失去了手中这杯茶。

从 2005 年至今，伍宝走了二十多座茶山，最爱探寻野生古树茶。

严格来说，茶树要长到三百年以上树龄，才能被冠以“古树”之名。古树茶数量稀少，仅在云南版纳茶区、临沧茶区等少量茶区有分布。在这些茶区，女人走茶并不多见，因为这里通常连条正经的路都没有。伍宝走在山里遇到其他走茶山的人，都被报以一副毫不掩饰的惊讶表情。

伍宝眉清目秀，常着布鞋与汉服，一副轻飘飘的柔弱样。采茶这件事，听起来雅致闲适，其实毫无浪漫可言。那些茶树自顾自长在深山里，长在悬崖边，人需要攀爬，一步步走近，经历身体的百般劳累才可到达。

伍宝乐在其中，走茶山、采茶、收茶，十几年不厌倦。路上遇风雨，便以风雨为乐；

“如果人能够做到专注地瞧一朵花，观一簇云，吃一餐饭，饮一盏茶，那么启迪性的事物便会发生。”

01
—
02

01 | 花从山野来，韵从静中流。

02 | “侍茶人不带对茶汤主观的情感注入，只专注在冲泡的每一个动作细节里，茶汤就会散发其本身的力量，带给每个人不同的滋味与情绪。”

天空放晴，便披着阳光行路。多年在茶事中修行，心里早已不随行路风雨泛波澜。

每遇见古树茶就如遇见智者一般。“当你站在有几百年生命的茶树面前时，你无法不去敬畏它。它经历了几百年风雨，在它面前静心凝神，似乎心中的一切都能被茶树感知。”

同样是生长了几百年的野生茶树，树的际遇各有不同。

运气好的，长在优渥的环境里，吸收充足的阳光雨露，或有幽兰香樟做伴。其躯干结实粗壮，常能至十多米高，可谓茶树中的幸运者。而有的茶树长在乱石堆中、悬崖之上或沟壑之间，几百年时间都得迎着风雨生长。同样是古树茶，树高却不过一两米，身躯也难见茁壮之势。但就算是这样的茶树，仍然不可轻视。因为在如此艰苦的环境能生存数百年，可见其内在蕴含的坚韧能量。两类茶树的茶味各有千秋，喜好因人而异。

每次遇见生长于贫瘠之境的古树茶，伍宝都感动万分。《红楼梦》里写：“天地间正邪二气互搏，男女偶秉此气而生者，若在富贵公侯之家，则为情痴情种；若在诗书清贫之族，则为逸士高人；纵是生于薄祚寒门，亦必为奇优名倡，一样不是俗物。”

生命复杂，难言生而平等，可能够生存下来的，都是伟大的，茶树如此，人生亦然。生命本身的况味也难分高下，喜怒哀乐各种滋味，又有哪种境遇的人生是可以避而不尝的呢？

伍宝的浅山茶物，每双周定期举行“离言集”。“离言”，意为不妄言。

离言集都在晚上举行。一个小时里，只执一盏灯，由伍宝行茶，共行两款，并不事先告知茶客茶的来源及品种。茶客与伍宝皆不可语，只专注于茶和内心。在禁语的环境中，行茶者伍宝，往往能观人于微。

陌生人坐到一起，不能说话，只靠眼神交流。平时飞驰而过的一个小时，此时会感觉甚为漫长，正如“心闲岁月长”。

大家的眼神与身体语言从紧张、尴尬，到放松，通过茶感受自己的心，直至忘我，进入沉思的境界。

伍宝的先生是位古琴演奏家。举行离言集时，他会在另一个房间以古琴传音，若有若无，使茶味与琴音相和。置身其中，即使刚刚离喧嚣而来的人，也会对古人所悟的“静极生慧”有所体悟。

曾经有人在伍宝的茶会喝茶喝到落泪。她说：“那一刻莫名相信这世间存在‘物’的救赎。就是坐下来，想要真心诚意地与自己和解，觉得谁都可爱，世事皆可原谅。”

伍宝在自己的茶舍里，待人以茶，侍物修心。以前，她困惑过究竟怎样才是

01 ｜ 伍宝先生张友

02
03

02 | 放置茶的角落，好像就是一种提醒，提醒喧嚣中尚存一丝安宁。

03 | 伍宝先生张友的古琴室。

与茶沟通、与茶对话；是跟茶说话，还是进入一个空间与茶面对面，感受而不语。后来她悟到，与茶对话会产生一种敬畏心。敬畏心不是你把它放到多高的地方去看待它，而是你有多珍惜它。

小小一片茶叶，凝聚了几百年的能量。它也曾身处宇宙之中，如山川湖海、皓月星空般包容。此刻它曾经历的一切，都化为你手中的一盏茶汤。思及此，又如何能不生起珍惜敬畏之心。人对万物的慈悲，无不起于对微小的敬畏。

伍宝自己也教授茶道，她会花很多心思去讲古人怎样对待茶。

“中国古时的文人对自己的生命有一种极致的尊重。这种尊重是他在有条件去享受的时候，就极致地感受周遭的一切，让自己的生命能量尽可能与万物联结。琴棋书画诗酒茶，无一不是将自己的生命智慧与自然美感结合。而一旦失去，便坦荡失去。因为万物皆为我所用，但皆非我所有。拥有时，已足够珍惜。像苏东坡，人生三起三落，最后被贬到无处可贬的境地，可你看他那时的诗文，仍有坦然之气。”

明室可养鱼，可种花，可读诗书，可喝茶弹琴，陋室亦可。阳光照得进辉煌的高楼广厦，也能照进茅草小屋。笑看人生事，不做悲悯人。

以欢喜平静享乐之心来对待自己的生命，才算是对自己真正的尊重。

在与茶相伴的岁月里，作为行茶者，也让伍宝无限接近茶之道。

行茶之人，心存正当的道心，便能慢慢接近茶的真相。养傲骨心，存敬畏之意，行谦和之事。人万不可妄，以谦逊之心，才能得到正解。

伍宝及其先生，两人居于闹市之中，仍保持着清净明亮之心。一年前家中添一小娃，先生习古琴，她行茶，两人琴瑟和鸣，日子过得可爱。

有人说他们是神仙眷侣，是出世高人。伍宝笑，什么是出世，什么是入世？出世是指居一隐逸的地点，还是指隐逸的心，还是指跳脱出世俗的牵绊和规则呢？

其实所谓的出世或入世不过是一个形式标签，更重要的还是自己面对生活的心态。伍宝说：“每个人都有其存在于天地之间自我修行的法门，有人是写字，有人是插花，有人可能只是扫地。我们每天从清扫陈列，到挂画习茶，无一不在修行之中。在平常事物中保持中正平和之心，从容谦和地做好当下的每一件事，是坚持一生的修行。”

不需要去隐蔽的地方，也不需要刻意避世，你是什么样，就活成什么样。寂静有寂静的欢喜，洒脱有洒脱的肆意。

你一直活得干净活得是自己
那么人间烟火之处
便是方外之地

01 ｜“在漫漫人生路途中适时地慢下来，给予身心停歇与沉淀的时间。”

02 ｜“茶汤无言，当我学会倾听，它就会告诉我很多。”

浅山茶物

四川省成都市锦江区东较场街 127 号附 14 号

微信公众号：
浅山茶物
(qianshanchawu)

退守故里，凝固一株植物的美好

一朵植物工作室茹萍

◎ 能做喜欢的事
是幸运的
让喜欢的事有价值
是可敬的
她想做一个可敬的人

晴蓝 | 文

茹萍 | 图

“我想像一株植物那样活着，在天地之间，只有那一点点需求，给点阳光，就能灿烂，给点雨水，就能抬起头来，每天都是一个新的自己。在没人欣赏的时候，懂得对自己好。我想做一棵自然舒展的植物，在温润的季节，缓慢生长。”

茹萍的工作室一角，简单，清爽。全木质的工作台，墙上挂满她的作品。晴好的日子里，阳光从大大的玻璃窗洒进来，照在桌上、纸上、植物上、脸上，空气中弥漫着柔软舒适的味道。

她叫陈茹萍，二十五岁，喜欢森林，喜欢植物，喜欢潜伏在深山里，寻找植物的美。为了拍摄植物的照片，她常常被蚊虫咬得浑身是包。她爱美，为了植物也常“奋不顾身”。她曾自嘲：“也许我上辈子来自森林？”

对她而言，喜欢植物，不是在某一刹那因触动而激发的热爱，它更像是身体里的一部分，自然而然地存在。只是她原本未曾想过，自己的人生从此会与植物相生相伴。

她说，可能每个姑娘小的时候都梦想过要成为花仙子。她曾为自己的未来计划过很多，想过当律师、翻译官、艺术治疗师、心理咨询师和沙画师……每燃起一个念头，她都会身体力行地去做，高标准、全情投入。茹萍分别找过非常专业的老师，学习过法语、沙画和版画，考过心理咨询师三级证书，但这些始终未能让她的心灵真正得安。

直到有一天，有人问她最初的梦想是什么。她想起《花仙子》这首歌，想起一切与植物有关的快乐。一个仿佛潜伏了许久的声音在她的心中出现，越来越明晰。

茹萍毕业于中央美术学院。“美院的建筑是灰色的，大伙儿穿的衣服也多是灰调子。有一个阶段，身边的人都喜欢黑白照片作品，倾向关注社会问题，似乎只有‘苦大仇深’才是艺术，喜欢花朵、喜欢单纯的植物就是比较low(没品位)的。我开始也逼过自己看一些热门的、自己看不懂也不太爱看的展览。大三开始，我突然明白，真实的自己并不喜欢去‘关注’别人的痛苦，喜欢的是美好、鲜活的东西。”

大四那年，茹萍开始做微信公众号“一朵”，分享所有与植物有关的美好。她说：“我也许不是应届毕业生里最有出息的那一个，但要努力做幸福感最强的那一群。”

因为专业是艺术史，茹萍对艺术领域有宏观的认识，对自己即将开始的“植

01

01 |《花时间》系列作品之《秋 & 果》。“秋季是成熟的味道。咖色让我想起秋天，也让我想起大地。树林里铺天盖地的咖色落叶、棕色果实、米色树皮都是我最爱的配色。每年都在期待秋天的到来，因为秋高气爽的时候，大地开始变成一个植物自然风干场，漫山遍野的干燥植物简直收集不尽。这时进山，才是探险寻宝的旅程。”

02 | 《花时间》系列作品之《冬 & 木》。“冬季里的植物，落去花、叶、果，变成纯粹的木，做好了过冬的准备。枯木几乎是冬日里，植物给我留下的主要印象。”

03 | “在荒芜天地间看到第一抹绿时，我们相信，是春天来了。忘记了是因为绿色才喜欢上植物，还是因为植物才迷恋上绿色，只记得一见到绿，满眼就会不由自主填满笑意。绿是植物，绿是心安。绿，让人想起更多的是叶子，不张扬，也不轻易凋落。从不掩盖对叶子的喜爱，以至于家中的植物十有八九是观叶植物，几乎不开花。”

“我们的家在距县城四五公里的地方，绿树环绕，闹中取静。在这里，人与大自然的界限并不明显。清晨，鸟鸣虫叫就是我的闹钟，到院子里大口深呼吸，再摘一把罗勒叶，便可做一份玉子烧。如果愿意，我可以一整天都在山间探索植物。傍晚在路上，还会邂逅暮归的老牛，缓慢而迟钝地晃动着庞大的身躯……”

物事业”也有清晰的把握。她说："保鲜花市场上，日本、法国都做得很好，国内做得好的也不乏其人，我做不过他们。"她的定位很清晰，回到故乡福建，做当地的绿植。

来到厦门后，她就做起了“一朵工作室”，倒腾在植物与手作之间，乐此不疲，想方设法让植物与生活用品、饰品结合。她十分倾心于一株植物的美好，也专心致力于呈现一株植物的美好。

“与植物相处的时候，分分钟都可能被美哭。”她说。工作室里有一张旧木桌，随便把植物往上面一放，用手机拍下来，就很美。茹萍工作的时候很专注，常常在早上做好一份三明治放到包里，然后就出发去工作室了。在工作室一待一整天，中途只停下来吃三明治、喝水，其他时间都专注在植物与手作之间。

茹萍会不定期开设植物手作课程，教大家如何凝固一株植物的美好。除了绘画和植物的保鲜技术是从专业老师那里学来的，其他如摄影、修图等各种技巧，茹萍全靠自学。

她说，在如今这个时代，学什么都很方便，因为有很多实体书、电子书和网络教程，只要肯花一点儿时间，真的静下心来，就一定能学会。

二十五岁应该是闯世界最好的年龄，有花不完的力气，用不完的激情。可当身边的人都在一往无前，奔往璀璨前程的时候，她却一路后退，放弃出国的机会，放弃北京的工作机会。现在她又要放弃厦门，和男友一起回闽南诏安的小村镇，找一个老宅，安住下来，忙她的一朵工作室，过两人平凡而幸福的小日子。她要的很简单，和植物在一起，与爱人相守，与美相伴，快乐、知足、自律，一心不乱。

如今的茹萍已经把一朵工作室搬到深山老林里，那个平凡的闽南小村镇。她和她的黑土先生一起在深山里找到一块合适的空地，一起打造了一座三百平方米的房子。地基是自己夯实，再用砖加固，墙壁用铁皮做成，门窗装上明亮的玻璃，用竹子围起来的篱笆作院墙，篱笆外就是山里的树了，枝叶伸进院子里，院里院外都是植物，融为一体。她的梦想实现了。

以前她觉得梦想似乎总是要等“哪天”或是“以后”、“到时候”才能开始。现在她觉得："梦想就是现在，没错，现在就可以去实现。一点一滴，一心一意，积少成多，水到渠成。梦想与生活的所有磕磕绊绊都无关，梦想只与决心有关。如果梦想有问题，问题可能只有一个，那就是决心还不够。"

采访茹萍那天，她说过不久要去沿海的东山县，跟一位老师傅学习标本制作，也想在海边好好地“拾荒”，发现更多海洋植物的美好。她开启“拾荒者”模式已经很多年，路边、农田、公园、山间，所有有植物的地方都是她拾荒的目的地。

01 | 茹萍和黑土先生在闽南小镇的深山里，徒手造起一个“植愈系”小院。那是家，也是工作室。庭院用碎石铺地，白色钢板做墙，门窗都装上明亮的玻璃，大落地窗保证光线充足。鲜花和绿植环绕在周围。

02 | 墙面打上许多小孔，搭上几条木板、木棒，就成了多功能原木置物墙，把心爱的工具、植物、食器都安放上去。

03 | 复古的木柜上方挂满茹萍的植物手绘作品。一盒水彩，几张卡片，一盏台灯，安静地描上一个夜晚，这是茹萍理想的生活状态。她喜欢用绘画的方式与植物沟通。“一直认为绘画是用来表达语言无法陈述的情感，画完了，想说的话也说开了。”

01

04 | 室内不仅堆满鲜花绿植，也有舍不得丢弃的干花被一束束捆好，挂在铁皮架下。荣枯同在。

05 | 茹萍说，植物的季节性和脆弱性，让每一件植物手作都不可能一模一样。每一件植物手作都有独一无二的故事。这些故事里隐藏着她的性情和志趣，凝固了她对植物的深情。

02

03

04

05

尤其是一到秋天，落地的果实琳琅满目，让她应接不暇。捡回来的东西都堆放在阳台上，不刻意使用，等到需要的时候，就可以用到合适的地方。

她希望把植物贯穿到喜欢它的人的衣食住行里，通过摄影、绘画和手作，寻找植物在生活中的更多可能性。

茹萍成长在单亲家庭，性格里其实有不太阳光的一面，只是她后来发现，“如果你觉得自己是一个幸运的人，那你就会成为一个幸运的人”。她就像一株绿植，努力朝着有阳光的方向生长。“植物本身有疗愈功能，我发现喜欢植物的人幸福指数都蛮高的。手作也是，人们喜欢匠人，可能是因为匠人的专注和纯粹，传递一种摒弃杂念的正能量。很多人业余爱好手工，其实就是为了放松和取悦自己。而我很幸运地选择了植物与手作两者的结合，在其中不断疗愈自己。”

“做喜欢的事情，让喜欢的事情有价值。”这是她很喜欢的一句话。“能做喜欢的事是幸运的，能让喜欢的事有价值是可敬的。”她想努力成为一个可敬的人。

要么闯荡世界
要么退守小镇
空间的意义只在于同个体的联结
哪里能让天赋更自由地展现
哪里就是此生安住的前程

一朵植物工作室

成都

东城拐下街（近东较场街 8 号）

新浪微博　：@ 茹茹萍

微信公众号：一朵（adoreflower）

“喜欢植物看似不起眼却又肆意蔓延的绿，喜欢它们形状各异甚至张牙舞爪的茎叶，更喜欢植物在天地间，任性舒展的姿态。我能想到的，最羡慕的人生状态，大抵就是植物这样了吧。”

寄身山林，做一块洗尽铅华的素皂

皂作如一

◎ 寄身山林
靠双手劳作
身勤心安
安静地过闲云野鹤的生活
这是我的格局限制
但我甘之如饴

楚君 | 文

如一 | 图

如一的日常，便是隐在这山林之中，和植物融为一体。她说，她听得懂植物的喜怒哀乐，知道它们的渴望，感受它们的荣枯。当一个人学着用不出声的方式去和外界对话，便也更容易听清自己身体里的声音。

01

02

01 | 如一善待植物，植物也愿为她所需。这无言的默契，仿佛一种相依为命。

02 | 闲云野鹤，或许也是与世隔绝，这一切，只为能努力保全那份自己和干净。

03—06 | 过滤浸泡油，通过研磨取得植物的汁液，制以成皂。世间万事皆无速成的方法，如一说，关于皂作的故事，她舍不得那么仓促地讲完。

如一无求也无欲，一身行囊越少越够，姹紫嫣红越素越欢。手工布鞋，棉麻衣裳，投入自然，羡了人间。

两年前，因为一次“任性”，想用最喜欢的方式过一生，二十五岁的如一放弃所有，躲进距成都一百多公里的山里，制作手工皂，并给自己起了这个新名字“如一”。其取意“如水澄净，一心湛然”，这是她对自己未来人生的设定和期许。

在山里，如一守着那一小片桂花林和蜡梅林，日日在山间房子的屋顶上手工制皂，累了抬眼看看天上的飞鸟和远处葱茏的密林，心下安稳。

“安静地过闲云野鹤的生活，这就是我的格局限制，但我也甘之如饴。”两年的劳作和在外人看来的“避世”，让如一对自己有了清醒的认识。

如一本名亦男，爷爷起的，寄望女孩子也要存有一份刚劲与果敢。她的爷爷是位老军人，外婆自幼研习中医，妈妈是西医，爸爸是个足球运动员。离开校园后，如一做过模特、网络编辑和行政助理，流浪的足迹辗转过多座城市。

大二那年，如一参加“环球小姐选美”，获得了“最佳才艺奖”，一时间在学校里大出风头，眼前更多了很多机会和选择，但也面临不少诱惑。如一受不了红红绿绿的舞台灯光照耀的人生，她选择了拒绝，从此在心里断了靠脸吃饭的捷径。

漂在北京时，她撞上了一个机会，可以从一名普通职员一跃升为政府事务部经理。当时这个诱惑让她很纠结，一旦接受，无论经济状况还是世俗标准上的认可，都会得到更好的提升。这个机会实在诱人，可她内心深处为什么如此抵触？

纠结之下，她去请教自己欣赏的一位女上司。上司只丢给她一句话：“看你自己怎么选，要走捷径你就去。”

一句话让她想起大二那年相似的处境，前路看似繁花似锦，可对于寻找自我而言，实属于绕道而行。她信仰通过自己的双手脚踏实地地成长，而不是走捷径。

这一点骨气随了爸爸。成长经历中，有一件事让她印象深刻。爸爸原是一所学校的校长，在一次人事纷争中备受中伤。爸爸不屑争执，主动请辞，对权势地位说放弃就放弃，忠诚于己，不屈不挠。外人看来不合时宜的举动，爸爸豁达处之，说标准全在自心。

刚刚坚定了要靠自己在北京打拼，如一又遇到了身体上的麻烦。被查出腰椎间盘突出六毫米，如一剧烈疼痛的时日太久，不得已辞职回家休养。

回到家乡休养一段时间后，如一去了好友的公司做行政经理。那其实是个闲差，朋友关照她，怕她辛苦就让她整天玩儿。如一说那是她最焦虑痛苦的一段日子，她觉得自己在浪费生命，常常躲起来哭。

脑子里每天都是万马奔腾，苦苦思索自己该走什么样的路。

小时候如一的身体常常得到外婆的草药保护。有一回得了腮腺炎，外婆在后

山中的日子是朴素而安静的，耐得住寂寞，只因周旋于自己所不擅长的人生是不够的，还要安住在自己想要的生活里，自持手中事，内耗喜与悲，再回首，岁月里只留静好一程。

03

04

05

06

院挖了条泥鳅，和着一些草药泥土给如一敷上后，病第二天就好了。

病休时如一和外婆聊天，说到外婆以前给她治痘痘的药水时表现出了浓厚的兴趣。外婆说你不如试试做这件事吧。

听完外婆的话，如一隐约觉得这是自己想做的事，可以简单平静而不复杂热闹，可以靠双手成长，靠近自己想要的生活。

于是有了“如一皂作工作室”，开在深山里的素皂房。工作室外是清澈的湖水，如一和她的植物就守着这样的山居岁月。闲云野鹤是如一的向往，也是皂作的要求。

皂从表面上看都是一样的，就跟人一样，表面上看不出太多内心的东西。皂只有坚持在用的人才能感受到里面的功夫，而人也只有接触久了才能感受到内在的个性。所谓“表里如一”，“如一”这个名字便是寓意皂的诚意，也指制皂人的坚持与诚心。最艰苦的日子，是一个人要做所有的事情，对未来懵懂却要坚信笃定，每日用笑脸来安慰家人的担忧。

在那些连续通宵制作、包装、打包、发货的日子里，为了皂的最佳保温温度，如一通宵守在保温箱旁，隔一个小时检查一次。如一需要为了做出最好的皂，了解几百种油材料，熟悉每一种植物的成分和生长，学习中医每一种中药的药理和西医研究的每一层皮肤的原理。旺旺（某购物网站聊天软件）一定要六秒内回复，洗澡睡觉旺旺不离身。因为文案还要挤出所有空闲时间读书，没有聚会，没有休息。

有时候为了把皂拍出美感，一张图她可以鼓捣一整天。后来索性学了 PS（Adobe Photoshop，位图图像处理软件）和 AI(Adobe Illustrator，图形处理软件)，以便和设计师更高效地沟通。不会经营网店和管理团队就自学消费者心理学，学运营，学互联网思维，学团队管理。后来又学习了芳疗、摄影、茶道和插花，如一的学习效率因此变得越来越高。

她说对爱好和梦想的追逐，足以把一个人变成超人。

如一说：“心有多远，就能走多远。这是一句老套得不能再老套的话了。事实上，格局，的确能够为你设下一些范围。”

“我没有经济上的野心，我只想做出最好的皂，安静地过闲云野鹤的生活。这就是我的格局限制，也是我的甘之如饴。所以，你的格局，决定着你的方向和每一次选择。”

制皂之外，如一给自己设定的另一个标签是环保卫士。手工皂接触水大约二十四小时后就会被细菌分解成水和二氧化碳，就算皂水流入江河大海也不会对生物造成威胁，这更加让她感到自己的劳作充满意义。两年来日夜不休地与山林植物共处，最爱听每次灌溉植物时土地发出的“滋滋”声。这让她深深觉得植物回归山林，是一个非常东方的方式，如一用这样的方式跟自己和解，花开花落，身勤心安。

01—02

01 | 如一寄居的山林和她的“瓦尔登湖”。一面湖水，日月重叠，那里有她看不透的风景，更有她心中的细水长流。

02 | 也曾流浪于都市的如一，如今寄身山林，多了一份让灵魂安身立命的平和，不肯再闲事沾身，轻易远门。

的能量不可或缺，我们理应彼此善待。

小时候外婆对如一说“要好看，素打扮”，长大后，如一对这句话更加认同。她总穿着素净的棉麻丝质袍子、手工鞋，对安静的空间着迷。做皂之余，她最大的享受是在院中有光影的角落喝盏清茶，对着植物发发呆。

她喜欢摄影，爱拍各种光、各种树，拍郁郁苍山、广阔绿野。自己嘛，最好要融在自然里。她说人在天地之间的姿态才是最美的！

“大多数人都忙着赚别人赚到的数目，穿别人喜欢的牌子，买别人喜欢的包，去别人喜欢的城市。可当问起自己究竟喜欢什么时，却回答不出来。所以，我要物质少一些，让精神清晰一些。”如一深信：“欲望越强，头脑越容易不清晰。人付出很大代价获得的物质，其实并不是你所必需和真爱的。但如果你始终放不下一个珍贵物件，那就努力去拥有它、珍惜它，让它随着年月变得更有灵气，更值得纪念。”

“人的第一天职是什么？很简单，做自己。”如果人生谢幕时，你尚且没有看清自己的模样，又该如何跟自己交代？如一说，没有找到自己之前，她感觉一切都是虚的。而现在的她面对所有事都很平静，好坏都可接受，不焦虑不害怕，很知足这种靠双手活着的踏实感。

这两年，如一身勤心安，在自然中磨砺，对世事更加淡泊，不愿随波逐流，所求不过是能坚持心里的那一份朴素和情怀。这种半“禁欲”的状态实在很不像二十七岁该有的样子。但如一无意去探究别人眼里的自己，适当地远离尘嚣让她甘之如饴。

“因为我最出色的技能是所求甚少。”

我渴望世人尽可能地各异其面、各适其性。
我希望每个人审慎处之，
觅得自己的道路并且去追求，
而非蹈袭父母或者邻人。
我们可能无法按预定时间抵达自己的港湾，
但是，我们要保持正确的航向。
——梭罗《瓦尔登湖》

如一皂作工作室

新浪微博　：@ 亦男 - 如一
@ 如一皂作工作室
微信公众号：如一皂作 (ruyizaozuo)

摄影师青简

步履不停，拍下山川湖海岁月长

◎ 如果你敞开心扉
融入自我
就会发现中国的艺术
能赋予你人生的智慧

祁十一 | 文
青简 | 图

江西婺源，油菜花盛开之时，白墙灰瓦与明黄、浅绿的作物互相映衬，古旧斑驳的老宅透出时间洗礼之味，让人一见便仿佛掉入时间的隧道，重返古老的、骨子里从未变化的传统中国。

青简是一个具有多重身份的上海女子。日常生活中，她是上海一家三甲医院的消化科医生，在医院这个充斥着生老病死的地方为病人问诊。工作日之外，她是旅行者、摄影师，走遍了中国除青海、广东以外的所有省份，也拍下了辽阔大地上的山川湖海、春夏秋冬。

医生的冷静理性，并未影响她镜头下的美与诗性。

她拍下的中国风物宁静悠远，就像将时光凝结在静美的画面之中，让人感受到中式的古典与诗意。

所以五年前，当她发布自己拍摄的二十四节气图时，打动了无数人，也唤醒了人们遗忘已久的古老历法。那是一代代中国人智慧的结晶，蕴藏着先祖对于天地万物、四时变化的观察与总结。

青简的节气图，让人们开始怀念这个最初因农事而立的历法，也怀念这二十四个美丽词语背后的生活方式。它代表着天人合一，代表着日渐式微的农耕生活与单纯的乡邻关系，还有从不曾离去的山川风月、大地草木。

一

青简是地道的上海人，生于上海，长在上海，工作生活在上海。但她不知道上海是否属于她爱的江南。

几百年来，上海作为一个面朝大海的港口城市，受到西方文化深深的影响，成为摩登现代的十里洋场。然而青简却在传统的中国文化中长大。从小她便在美术老师出身的父亲的教导下，背古诗词、学画画，养成了中国古典式的审美。

她热爱江南，那儿有小桥流水、清秀山水和古典园林，孕育了中国传统文化中的雅致江南。

她笔下的江南，是四季都散发着诗意的地方。“春来细雨寻梅影，夏夜清茶品荷香，秋风月下观桂子，冬日围炉煮雪霜。多少人生快哉事，若是少了江南的铺衬，必定会黯然失色。”

所以，当青简开始拿起相机拍照时，镜头里没有繁华喧嚣的都市之景，而是上海周边水乡的黑瓦灰墙、竹椅、猫狗和花树。

拍照也缘起于她脱产去医学院读研的两年。那时她终于有了闲暇去记录与表达心中蕴藏多年的美。

那是2009年冬天，还在读研的青简买了一台单反相机开始拍照。她没有专门学过摄影，唯一的一点儿基础源于身为美术老师的父亲在小时候教过她画画，

青简，热爱古雅中国的上海女子。走遍了大半个中国，也用镜头记录下了山川湖海、风物绵长。深受中国传统文化熏陶的青简，眉宇之间也散发出典雅平静的韵味，那或许也给了她的日常工作以内心支撑，以及在医院里面对生死的力量与悲悯。

青简

新浪微博 ：@ 青简 Jane

微信公众号：青简（green-jane）

01 | 芒种，仲夏时节正式开始。它拍摄于浙江永嘉茗岙乡，一位农民正踩着水牛拉的铁犁在梯田里耕种，梯田的线条、地里的水光、高高低低的树，还有正在犁田的水牛与农民，就像五线谱，谱写出一幅动静相宜的乡愁之歌，讲述着至今仍以农业为底色的中国故事。

02 | 白露，意味着天气逐渐转凉，就如清晨之时地面和叶子上凝结起露珠。青简拍摄于福建霞浦的滩涂，它犹如一幅中国水墨画，亦如《诗经》里的那一句"蒹葭苍苍，白露为霜"。

以及自己对于文学的喜爱。

最初，她只是想用镜头记录下江南无尽的美。

“我多少次庆幸自己生在中国的江南，更庆幸江南给了我取之不尽的美的宝藏。庄子说‘天地有大美而不言’，可是在欣赏并感动于一些风物之余，我也开始贪心地妄想用相机与笔去描绘它们稍纵即逝的美，留待在不能远行的日子里，用回忆来踏遍山重水复。”

厌倦了过度商业化的江南古镇，青简开始寻找尚未开发的地方。“也许每个人心中都有一个属于自己的江南小镇，或是烟柳画桥，或是水村山郭，可无论如何，应该也不会是摩肩接踵、门庭若市。”

于是，上海的横沔、金泽、青村，湖州的荻港、新市，许多并不曾声名远扬的小镇，进入了她的镜头。

这些少有游人到来、充满本地人生活气息的地方，让青简得以记录下尚未消逝的古镇风物。

“鸭群、小舟、河埠头，有乡村的野趣，却没有乡村的荒芜。街巷、人家、馄饨店，有城市的热闹，却没有城市的嘈杂。”这或许才是青简一直寻找的江南。

二

一次偶然，青简看到日本有个专门做二十四节气景物照的网站，觉得还是中国自己的风景与节气更为般配，便萌生了拍一套中国风景二十四节气图的愿望。这就不仅仅是江南风景所能涵盖的了，她开始走出江南，去往更广阔的中国大地。

北至黑龙江，南达福建，西及西藏，她见识到了中国的地大物博、壮美无边，也为古老的二十四节气寻觅到了最匹配的风景。

立春、雨水、惊蛰、春分、清明、谷雨、立夏、小满、芒种、夏至、小暑、大暑、立秋、处暑、白露、秋分、寒露、霜降、立冬、小雪、大雪、冬至、小寒、大寒，每一个词都蕴含着浓浓的中国古味与诗意，也是几千年来中国人跟随太阳的运转、气候的变迁留下的四季作息。

青简的镜头下，每一个节气都与风景气象互相映衬。

春分，是江西婺源油菜花盛开之景。古老的白墙黑瓦，透露出时间与风吹雨淋留下的斑驳痕迹。油菜花的暖黄又为之增添了生命色彩，就好像春分所代表的万物生长。

清明，是樱花绽放的瞬间。希望与忧伤并存的意象，正在青简拍摄“清明”之时。

小满，是皖南章渡的古旧木楼、小河淌水和水牛吃草。淡淡的夏之气息布满画面，就像“小满”这个节气本身所蕴含的意味：麦类等夏熟作物的颗粒开始饱满，但未成熟，一切刚刚开始。

芒种，是永嘉茗岙的一位农民正踩着水牛拉的铁犁在梯田里耕种，图中线条分明，水光照人。

这二十四张图的拍摄地点分布在大江南北，拍摄过程也不乏艰辛。

譬如大雪，其拍摄地点在雪乡的羊草山顶。因为睡不惯大炕，青简几乎一夜没合眼，第二天又要在零下三十摄氏度的雪地上徒步十五公里翻山。同行的驴友一直鼓励她，不仅把自己的钉鞋借给她穿，还帮她背相机。也因此，青简得以坚持下来并拍到了心仪的照片。

再譬如秋分，她在甘南拍摄到秋之金黄灿烂。而在附近的川北旅行时，十月的川北已经开始下雪，湿滑的路面使他们的车冲下了河滩，差一点儿就掉进色曲河里。当地人用拖车的绳子把车拉上岸，发现车的整个底盘都歪了。他们经过一阵敲敲打打后，居然又开着这辆车回到了兰州。

危险情形还在新疆、西藏等地出现过，这些都是为了旅行、为了拍下大地之美而冒的风险，让她难以忘怀。

“（旅行时遇到的）有趣的事当时再难忘，事后也就淡然了，只有危险的经历才会铭记在心中。”

即便如此，青简仍然对旅行、摄影怀抱热情，理想的生活状态依旧是“行万里路，阅万种景，识万种人，享受自然和生活之美”，下一个目标则是“所有未曾涉足的地方”。

三

走过了大江南北，看过了西部的无边壮丽、北方的苍凉遒劲，青简却依然对家乡江南最有深情。

她为江南写过两本书——《江南》和《梦里水乡》。

《江南》将江南的风土人情分门别类地呈现出来。《梦里水乡》则以楠溪江、瓯江上游、富春江—兰江、新安江、青弋江、曹娥江、大浦河—南太湖与江南运河这八条水系为线索，走进江浙沪皖这一带更广义的江南古村落。

生长在繁华上海的青简，将更为广阔的江南看作自己的故乡，用文字与照片表达着对江南的乡愁。

"也许在地理学家的眼里，江南是一片秀美富庶的土地；在历史学家笔下，江南是一段悠久灿烂的往事；在文人学者的心中，江南是一种独特完整的文化。可是在我看来，江南只不过是一个孕育包容了这些人与事的环境。可能你从来未曾在意，但等到偶尔意识到的时候，它已经融入了我们难以分割的那部分骨血与灵魂。"

"无论在什么时间什么地点，江南，终将是一种我看不厌、拍不完、说不尽的永恒乡愁。"

她甚至将江南之代表苏州，当作愿意终老之地。

"如果在今天，要择一城终老，我想会是苏州。小时候格外喜欢杭州的青山碧湖，年纪越大，越发觉得苏州的粉墙黛瓦更有一种不动声色的韵味。仿佛看厌了湖山之后，只想在巷陌园林里简单生活。这样的时光安然静好，岁月无声胜我多语。"

在江南生长、眠去，一生沉浸在江南的优雅绵长之中。用古典静美的文字照片向人们传达中国之美，青简的人生便如此这般与古老中国枝蔓相缠、难以分离。

一如她自己所言：

"作为一个中国人，我深爱中国的美。当你漫步在园林的曲径通幽处，耳边传来松风流水般的丝竹之声时；或是当你欣赏着博物馆中的元人画意，脑海里浮现出'潇湘深夜月明时'的词句时，你都应该为有一个如此才貌双全的母亲而骄傲。如果你敞开心扉，融入自我，就会进一步发现中国的艺术不只能提供你美的享受，更能赋予你人生的智慧。"

大雪，标志着仲冬时节的到来，"至此而雪盛也"。那是在黑龙江的雪乡，羊草山顶。青简和同行的驴友，在零下三十摄氏度的寒冷中徒步十五公里翻山。途遇山上的木屋，于白雪树林之中茕茕孑立。顾不得严寒与劳累，下意识地用镜头拍下这一画面，也将那旅途中的清寒气息记录了下来。

孤独中创造的奇迹，治愈孤独的心

绘本作家郭婧

◎ 生命中最难的阶段不是没有人懂你
而是
你不懂你自己
做一件事
不问结果
不辞辛劳
一日一日
直至如心
便是修行

云晓 | 文
郭婧 | 图

郭婧说：“我的梦想就是自由自在地画画，无拘无束地表达自己。可是现实太骨感，家里经济条件不好，我就不得不找份工作先糊口，先把自己喂饱再说。这本书，这个孤独的小女孩算是面包和月亮相互拧巴的产物。还好，最后我选择了月亮，于是有了《独生小孩》。”

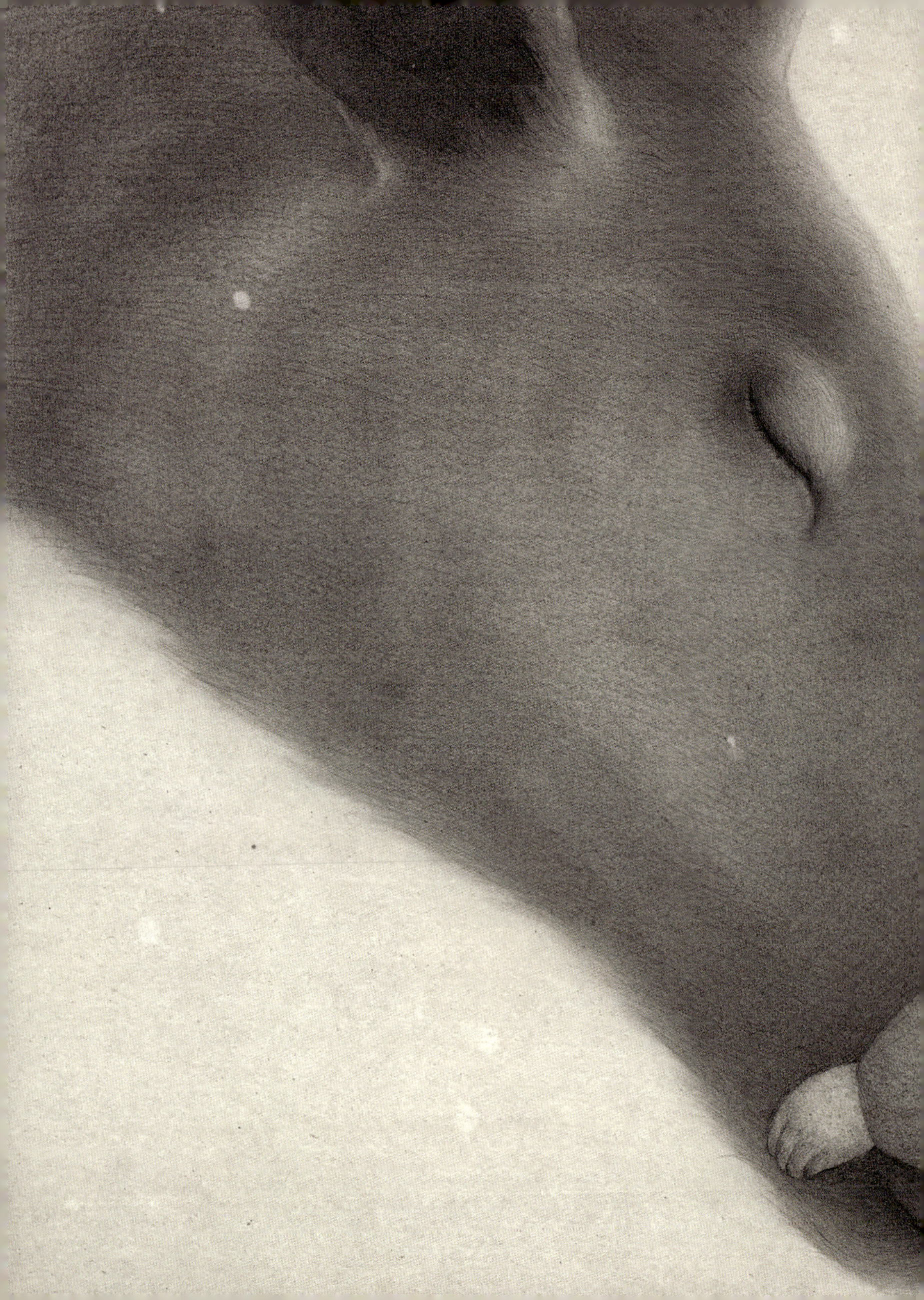

独生小孩和麋鹿相互依靠，虽然残酷的分别最终会到来，但生命的温暖会一直前行。就像有句话："每个人的出生，都是一个一个加进水里的小糖块。我们慢慢化掉，世界就越变越甜。每个人都开辟了新世界，又融进万物里。"好的绘本就像这句话一样，把可怕的现实转化为一种温暖的力量。

她叫郭婧，绘本作家，一个看上去普普通通的女孩儿。她的处女作《独生小孩》，入选《纽约时报》年度十佳绘本作品，囊括美国八项年度童书大奖。

这是第一次由中国作者创作的绘本作品登上世界舞台，并获得如此权威的国际大奖。由于这个奖项的权威性，它成为全世界父母为孩子挑选图书的重要依据。

全书一百页，不着一字，只有铅笔一色，犹如默片，被称为“梦幻题材的无字书，与《抵岸》《雪人》齐名的大师级作品”。

难以想象这样一部作品，郭婧在画下第一页时，连出版都没有想过。

“当时只是觉得，一定要成全自己的梦想一次。哪怕画完不能出版，哪怕没人愿意看，只要我把这个梦想画出来，便不留遗憾。”

一

独生女郭婧，小时候经常被反锁在家，因为父母忙于生计，又对她管教严格。她只能独自在家，一个人玩积木，学京剧演员的打扮，穿上妈妈的高跟鞋，把床单披在身上，在屋子里独自走来走去。

更多时候，小小的身躯趴在窗户上望着外面的世界，盼着妈妈回来，盼着出去和小伙伴们一起玩儿。挥之不去的孤独感，是郭婧儿时记忆的底色。

于是，几乎出于表达与发泄孤独的本能，郭婧开始画画，想到什么就画什么，没有技法和章法。上学之后，其他小孩儿的课本都干干净净，她的永远被画得乱七八糟。

后来学画，一路学得拧拧巴巴。想学油画，可颜料太贵，每次画的时候只舍得挤一点点画上去。老师说：“郭婧，你这样怎么学油画啊。”

那改学国画吧，材料不贵，负担得起。老师又建议，你素描画得好适合学雕塑。然后听老师的话改学雕塑，可满心欢喜做出来的作品总被推翻。“你这不行啊，都没有棱角。”那就改成老师想要的样子，方正有棱角，可每个人的作品都像一个人做的。

老师就像拿着一个模具套在每件作品上，套在每个人身上。规则模具之外的，都是错的。后来老师们下了定论：“郭婧，你学来学去也就速写还行。”

大学五年，一直活不成别人期待的样子，郭婧痛苦极了，自卑到骨子里。学生时代都好热闹，宿舍的女生们打扮漂亮出去玩儿，而她一个人在宿舍里画自画像，一张又一张。

有一种全世界的繁华都与自己无关的悲凉，活来活去，世界依然如儿时那么孤独，唯有画画可以托付。

01

02

03

01 | 因为妈妈忙于工作，小女孩只能被独自留在家中。

02 | 因为渴望陪伴，她留下字条，独自出门寻找外婆。

03 | 去寻找外婆的小女孩，却在路上走失了。这也成了相遇那只麋鹿，那个长梦的开始。

二

郭婧大学毕业的第一份工作，是父亲托关系安排的，收入稳定，工作轻松。可做了几个月，简直要了她的命，整日对着 CAD（计算机辅助设计）图纸，不能画画，她郁闷不已。

郭婧从小是个听话的乖孩子，这是第一次想要拒绝父母的安排。给母亲的电话里她带着哭腔："我还是想画画。"母亲不理解，可心疼女儿："那怎么办啊，不然你自己找份工作看看。"

郭婧在网上四处投简历，对工作唯一的要求就是能画画。什么插画师、游戏原画师、绘画老师，她都投，终于被北京的一家游戏公司录取，做游戏原画师。她为了画画，人生中第一次违背父母的期望，心甘情愿步入辛苦漂泊的生活。

那段时间，她所领悟的恰如尼采所言：

"你要搞清楚自己人生的剧本——不是你父母的续集，不是你子女的前传，更不是你朋友的外篇。对待生命你不妨大胆冒险一些，因为你好歹要失去它。如果这世界真有奇迹，那只是努力的另外一个名字。生命中最难的阶段不是没有人懂你，而是你不懂你自己。"

三

游戏原画师做了三年，又漂到新加坡做动画。郭婧工作忙碌，收入不错，可以接触新鲜的动画，技能提升不少。这条路走下去，安安稳稳，前景可期。

大多数人都在这样的状态里过得好好的，可郭婧心里像有个黑洞，怎么也填不满。每天上班，按公司既定的规划画画，吃饭，买衣服，聚会，唱卡拉 OK，郭婧的生活越来越丰富，心却越来越迷茫。左挪右移，多少物质、多少社交也无济于事，她陷入一种平静的绝望里。

那个时候，别人问她"你的梦想是什么呀"，她随口回答："现在谁还说什么梦想，有个房子就不错了。"嘴上这么说，心里却一遍遍质问自己："郭婧，难道你真的可以过没有梦想的生活吗？那当初拿起画笔又是为了什么？"

一次次被自己心里的问题撞击着，她不停地想起当初那个拿起画笔，什么都不想，只是要画画的自己。

《独生小孩》的故事情节就从那时跑进脑海中来——小时候的一次独自坐公交车去外婆家却走失的经历。一个总是孤独的小女孩儿，渴望父母陪伴，渴望玩伴。

于是，从走失的故事开始，郭婧在心里为孤独的小女孩儿画了一个玩伴：一只鹿，在一个长梦里。她迫不及待想把故事画出来，心也突然踏实下来，对未来比以往任何时候都要清晰坚定。下决心辞职，一如当初因为想画画而辞掉父亲安排的工作，这一次同样因为想更纯粹地画画，她要结束掉自己曾经选择的人生。

父母不理解，已经到了结婚生子的年龄，不安稳度日为什么还要瞎折腾，全世界画画的人那么多，有几个能画出作为的？同事也不理解，还真有人要去干把梦想当饭吃这种傻事啊！

郭婧自己也担忧，不是担忧物质保障，或是以后有何成就，而是担心自己能不能把心中所想画出来，能画成什么样子。无论如何，辞职时她下定决心，后半生要过另一种生活。

木心先生曾在自己的书桌上贴了福楼拜的一句话——“艺术广大之极，足以占据一个人”。郭婧甘愿此后的人生只纯粹被画画占有，除了心底澎湃的冲动和一腔孤勇，她无依无仗。

四

然而哪有那么容易啊。刚开始画，觉得怎么画都不对，心被汹涌而来的杂念打扰。别人会怎么看，故事该怎么构建，脑子没完没了地转。

“跟着心走吧，不管怎样，把心里的故事画出来。”她个子小，说出这些话的脸上是一股孩子般的单纯和执拗。

你能控制的只是如何耕作这块土地，不能控制的是土地上最后结出怎样的果实。

她让自己静下心来，不要急，向内看，把嘈杂的声音都撇去，只一心画画。

心静到极处，方生慧根。佛陀说什么是修行，“就是做一件事，不问结果，不辞辛劳，一日一日，直至如心，便是修行”。郭婧所做便是如此。

“窗外一白即起，入夜数烛才眠”，郭婧的草稿推翻重来足有五六次，积满厚厚几大本。她的生活之简单也令人咋舌。一年半的创作过程，没有任何收入，极少上网，未置新衣，未添新物。只有两套出门和朋友见面穿的衣服，其余时间皆着睡衣，安于家中画画，护肤品也都用着十几块的。

世人眼里，走火入魔便是这般模样吧。

一个生活在现代的姑娘，抛下一切繁华，主动选择清贫，过得像个以画画修行的苦行僧。她比任何时候都安于当下，心中有光一束，充盈快乐。人从出生就开始被教育需要更多，要去竞争，要成为别人期待的样子。“走火入魔”之后的郭婧却发

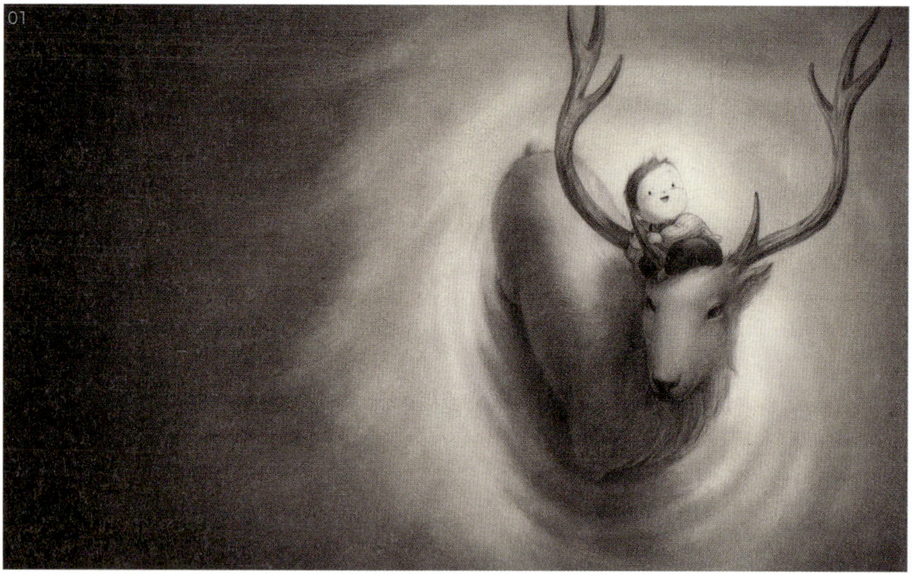

01 | “麋鹿象征着某种精神引领，也是一个人孤独时的陪伴。每个人的出走和回归都是螺旋式上升的过程，再次回归的时候能找到一个更高的自我。”

02 | “我把我所经历的孤独、迷茫、黑暗作为一种暗喻画在这本书里。把对命运和人生的理解暗喻成一条鲸鱼，鲸鱼把女孩吞到腹中，她在鲸鱼里游泳，并在黑暗中捡到一颗美丽的星星，最后鲸鱼又把她喷到光阴中。这就如同我们无法抗争的命运，有时候也是一段独特的经历，星星也会是我们在黑暗里获得的宝物，命运最终会把我们推向光明。”

现，人真正需要的很少，不过是活着，创造自己的规范，按自己的方式运转。

五

完成梦想的过程，也是疗愈自己的过程。小时候害怕孤独，渴望爱，所以郭婧拿起画笔，用画画排遣孤独，驱逐恐惧。如今因为画画，她从直面孤独到享受孤独，了悟自己生命的模样、灵魂的质地。内心强大到哪怕全世界离她而去，只要有支笔有张纸，就能让自己感到幸福。

物质和所谓稳定的生活予人以枷锁，让人以为自己是戴着王冠的国王，其实不过是戴着枷锁的囚徒。而立之年，她选择挣脱枷锁，从惯性的生活里出走，做一个素衣贫民、一朵花、一株草、一个孤独完整的个体。

结果是，当你跟随内在的冲动去完成自己，全宇宙都会给你能量。《独生小孩》完成的那天，郭婧明白，对所有被孤独啃咬的同类，它会发出治愈的能量。

郭婧说她是一个雪人，太过温暖的状态会融化掉自我；选择清静孤独，才能呈现属于自己的形状。或许这一生她不会过得富裕，体验不到奢侈，没有多少丰富的经历可供炫耀，但做了自己想做的事，走了自己想走的路，这一辈子就很值得。

生命中最难的阶段不是没有人懂你，而是你不懂你自己。郭婧所实现的梦想，不只是一部享誉世界的绘本，更是懂得自己的过程。

人最终所能依仗的
是心里的那支画笔
跟随它看清自己
固守灵魂的阵地

耐得住寂寞，才守得住心

手工私塾包爽

◎ 全民焦虑的时代
她用一间女子私塾
想要保留些古代女子手作生活的风貌
不接受投资和任何形式的合伙
抱着一生做一件事的决心
居于幽暗而独自努力

云晓 | 文
包爽 | 图

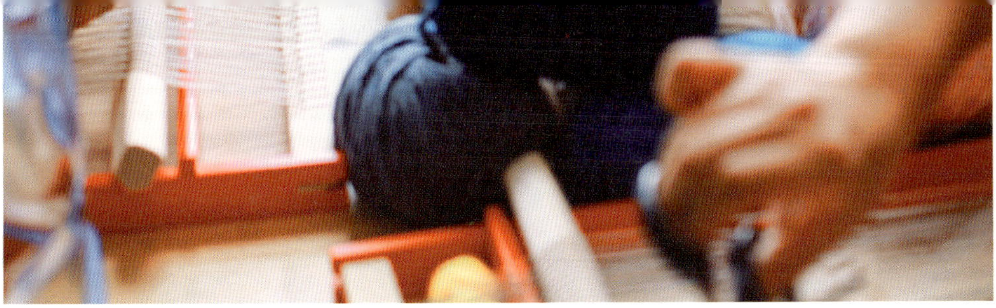

每个人都要学会平静地与自己相处，才能有一颗更加坚定的心。手作，恰好就成了连接这一切的契机。

在北京喧闹的CBD（中央商务区）区域，有一个上下两层的LOFT（高大敞开的房屋空间），是周围很多女性朋友心中的梦想之地。遍布每个角落的植物、丰富而整齐的手工工具和材料，如布、皮具、毛线、绣针、甜品、书。置身其中，会有穿越至另一重缓慢时空的感觉。

包爽是“墨念女塾”的开办者。她会定期请各门类的手艺人前来女塾传授分享技艺。包爽说：“这个世界太快了，一切都在寻求更便捷、更快速的方式。但人们往往会忘记，只有在慢下来的时候才能面对真实的自己。”

大学读中央美术学院时，在一次艺术专业思维转换课上，包爽第一次了解到中国古代女性的生活状态，并被她们的聪慧和隐忍吸引。湖南江永有世界上唯一的女性专用文字“女书”。古时不许女性识字，她们便用歌谣的方式交流，创造了只属于女性的隐秘文字。

“现代人在慢上缺失，慢却是古时女性最熟悉的状态。”

“在女性地位低下的古代，哪怕不让她们出门，不让她们识字，她们亦可以在禁锢之中绣花、作画、做茶，在压迫之下保持对生命的热忱，有着让枯木生出春天的智慧与生命力。”

诗人里尔克有一句诗：“居于幽暗而自己努力。”人生境遇常常无法左右，认清这一点并非是向现实低头，而是与所处之境遇和解，为更长远的理想弯腰。这与古代女性隐秘的智慧不谋而合。包爽与她们隔着几百年的时光，深受触动，以至大学时的后续创作与研究，都与古代女性的生活相关。

她的毕业设计，是用传统刺绣的方式进行创作。一万多点，每个点需要绣五六十针，长达数月，包爽将全部心思放进一针一线。这个过程除了是对耐心、技法的考量，也是与自己的对话。在这个过程中，包爽心中产生了墨念女塾的雏形。

墨念主理人包爽

01
—
02

01 | 包爽自己用树枝搭了小床，平时上课休息的时候，大家常常躺在上面聊天。

02 | 这张空桌子，承载着无数个由心之物的创作过程。

2012 年，包爽从中央美院毕业，想把墨念开起来。人一到要做重要决定的时刻，必定会听到不同的声音，仿佛是为了让你看清自己的决心。要实现一个梦想，少有人会遇到身边一派和气欢腾的场面，而如果真是那样，便要当心这梦想究竟是你内心的声音，还是你在无意识中被植入脑中的别人的意志。

听到包爽想开个女性生活馆的想法，母亲大惊失色。"女孩子一个人，还是好好读研，做学术研究，以后留在学校当个老师或者画家才稳妥。"为了拒绝家人安排的考研、当画家的人生规划，包爽哭了很久，抗争了很久。与家人做情感周旋，终于艰难地得到支持。

有一句台词说："你必须跟你的至亲做一个对决，你才可以自由。"包爽说："我是一个很矛盾的人，我想得到别人的肯定，也想要自由。"

像成长的仪式般，少有人不曾面临这样的十字路口：一条路清晰明媚，却非自己所愿，另一条路昏暗看不清方向，却拉扯着你，犹如早被刻上此生必经的印记。于是抱着一生只做一件事的决心，包爽踏上了这条昏暗的路途，就着心中一点儿微光，一步一步照亮前路。

2012 年，从一个五六十平方米的屋子开始，包爽将她对美好的所有念想都放置其中。然而，选址环境嘈杂，客群定位不准，让创业初期的包爽，难以打造一个理想的空间。她备受打击，而心里更介意的是身份的标签，别人介绍她时会说："这是包爽，开店的。"

大多数时候，人会介意别人给自己贴上的标签，因为那是别人对自己所做之事的不满意。

于是，2014 年她将墨念扩展至现在的 LOFT。空间大了，能放置更多美好的念想。所谓"墨念"，意为"莫念"，希望客人走进来时，能放下外在的标签，做回原本的自己。

她不做那些一两个小时的体验式课程，虽然能迎合现代人的碎片化生活，但如此连个皮毛都学不到，拍照发个朋友圈就算了事。

她把每节课都安排得很长很细，一整天的课程，中间只有短暂的午餐晚餐休息。学员们穿过喧嚣闹腾的 CBD，进入墨念空间，手机静音放到一旁，沉浸在手作与自己的世界。课程结束后，她们打开手机，回到现实中的身份，妈妈、妻子、上司、职员……

包爽说，女人是世界上最美好的物种。她们在生命里的诸多角色中自信转换，在日复一日的琐碎消磨中，在有限的条件下，尽其所能创造自己和美，用婉转的方式改变生活。

墨念做了六年，她不接受任何投资，也不接受任何形式的合伙。在她心里，墨念是一件纯粹的事，借他人之手，便会失去心中的坚持。

六年来她一个人设计空间，整理发布课程，联系老师，收拾课堂，拍照记录。她的微信上有四千多名好友，几乎全是墨念的学员。二十四小时客服和咨询，让她通宵达旦是常有的事。六年来，她在“居于幽暗而自己努力”的艰难和满足中成长。

这个过程需要多少忍耐和坚持，我很难做出看似感同身受的评论。一个人那么辛苦，难道没想过放弃吗？

“累的话睡一觉就好了，哪怕有时候忙得只能睡一两个小时，醒来之后还是能精力充沛地面对。很多难题经历了度过了，就成了美好的一部分。”只有踏上注定要走的那条路，才会有这样的心甘情愿吧。

包爽很喜欢草间弥生。在她眼里，草间弥生身上有一种完整的姿态。这个完整不是圆满，而是柔韧面对。她一生疾病缠身，受制于贫困，被舆论非议，但无论遭遇任何挫折，仍保有自己完整而独特的个体，一生都在画一个点，而这个点，让她感觉圆满。

包爽想要墨念成为她生命中的那个“点”，用一生去做，耐得住寂寞，经得住流年，守得住心，直到圆满。

每个人的生活都有一条看似既定的道路，在被定义的标签之下，实则变化万千。在世事之中不失自己，秉心向前，不慌乱，不怨艾。心中微光不灭，就能让自己的心比昨天的更充盈一些。

我渺小，却完整
我的灵魂单薄，一直轻装上路
阳光可以穿透我
黑暗也可以
我心无杂念地活着
无惧任何际遇
我知道，所有际遇不过四季的风
风过了，我仍是我

墨念女塾

微信公众号：
墨念女塾
(monianfiona2013)

01 | 因为人现在有太多快速的选择，慢反而成了一种稀缺。
可当人慢下来时，哪怕只是一点微小的事物，都能感受完整。

02 | 安静的角落里，藏着毛线、绣针、毛毡，还有快乐。

03 | 学员上完课之后的作品。

04 | 每次上课时，吧台的长桌上都放置了甜点。

05 | 工作中的包爽，大家都亲切地叫她“包包”。

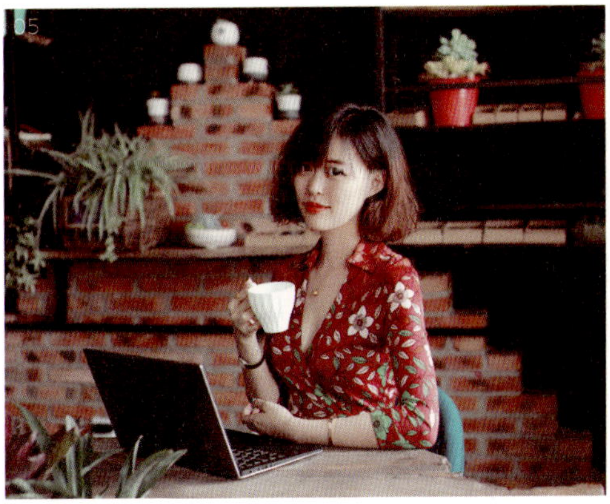

修书做书，退守心灵之寂

器曰书坊周小舟

◎ 我有一所房子
面湖而居
避开车马喧嚣
可以修篱种菊
在这里
灵魂得安

晴蓝 | 文
周小舟 | 图

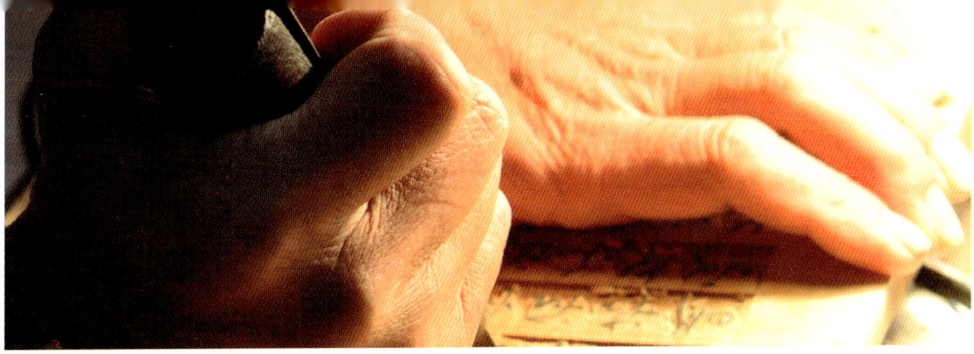

“鲁迅说雕版是‘镂像于木’，这四字重如千钧。人的力量从刀尖上向木头传递，寻常的木头瞬间涅槃，成了另一种有生命的符号。”

他在扬州的乡间租了一套湖边的农家小墅安住下来。从日出到日落，他守着这个湖，一日又一日地凝望思索，伴着每天不一样的湖光天色，不问世事，只想"书"事。他是一个读书人，也是一位做书人，耕耘在字里行间，专注于善本再造。

他开了一家极美的网络小书店，名"器曰书坊"。这座小房子就是他的工作室，不对外开放。书坊总是很静，屋前屋后有大片的林，湖边的生活有许多细微的乐趣：早起能听到林中布谷鸟的叫声一声一声地打着慢拍，悠扬地穿林而过；中午有公鸡的打鸣，还有门前偶尔路过的磨剪刀老人的吆喝声和遥远城市里马达的忧郁叹息。有时有风声、雨声，也有自己的读书声和笔尖摩挲宣纸的沙沙声。这样的心境很像陶渊明诗句里说的"问君何能尔？心远地自偏"。

他极爱木心的诗："万头攒动火树银花之处不必找我。如欲相见，我在各种悲喜交集处。"

他叫周小舟，做过十三年记者，几乎把自己最好的一段光阴奉献出去，所得所失，如今已不再计较。因为想获得重生，他辞去了工作，全身心投入到器曰书坊里来，安静做书，心无旁骛。刚开始时也有一些困难，但他并不把它们视为困难。因为他相信"用心"的力量，相信困难总会过去。

"从一个媒体人到一个卖旧书的，我只是听从了内心的呼唤。如若现世安稳，我往后的人生会一直开着书店，与之相伴到老。"书店已开了三年，一切都挺好。他说，其实很多人是能沉淀下来的，这样的人越来越多地通过网络聚到一起，器曰书坊就集结了一批这样的读者。他并不想要做连锁，也不想做太大。"我完全不是那种人，一直给器曰的定位就是一个网络小书店，有自己的风格与坚守。做书店能满足基本的生活就可以了，我要的就这么多。"

器曰书坊以善本古籍的再造和小众图书的零售为生。书是主体，也涉及一些

周小舟

传统工艺制品。名为“器曰”，是一种唯美的表达，寓意器物是有灵性的，能倾诉，能与人交流。

他平时的主要工作是钻研传统古籍的再造和许多非物质文化遗产工艺的传承。扬州是传统手工艺发达的地方，他在这里生活了十几年，和相关行业里真正的老手艺人建立了心心相印的合作关系。大家都很欣赏彼此，各自做着各自的事情。因为深爱古典图书，几乎所有传统图书的制作工艺他都钻研过，也会做一些比较深刻的尝试。

2014年夏秋之际，他在旧书网上看到两册仿宋刻《备急千金要方》，虽是残本且年代并不太久远，学术、收藏价值也一般，但他识得是好书：字形秀美隽永，摹刊极精，笔画刻工一丝不苟，古意盎然，与他所见过的宋版书并无二致。相遇即是机缘，他毫不犹豫地将其买下来。

作为一个修书匠，能化腐朽为神奇便是大欢喜。每个人的愿景和动机都不同，他的动机很简单，能修好就是满足。到手的书通常脆弱不堪、历经磨难、满目疮痍，得极其细心地用针尖摊平残页，一张纸接着一张纸进行，这道工序就要花两周。用旧年代里的连史纸做托底，极其耐心地刷浆、整平，待书页自然阴干，再用牛角挑子慢慢挑起来，整个过程历时长久。待一沓修复完成的旧书页静静摊在眼前，仿佛见涅槃重生。

再经一系列细致入微的装订工作，古籍才算修复完成，带着别样的沧桑之美，而书的背后是人们各自的观想。周小舟只是和平常一样心怀感恩，心无旁骛。

《诗经名物图解》是他挚爱的古典图书。这是由日本江户时代的儒学者细井徇描绘的一套博物学书，主要内容为《诗经》辅配百余幅精美古画，大约绘制于清末道光年间，分草部、木部、禽部、兽部、鳞部、虫部六部，共十册。器曰书坊对此本进行修复、着色、原大彩印复制，致力于还原其精要，历时一年完成，全部纯手工制作，经折装，瓷青函套，朴素典雅。

“我们可能时常会想，自己和这个世界究竟维持着怎样的关联？因为一件事？一个人？我很欣慰大家看到《诗经名物图解》的时候就能想到器曰，这部书已经成为我与这个世界连接的一个重要纽带，它便是我赖以栖息的一条小小的方舟。”

周小舟用一年时间做了这一套画册。一开始看到它的时候，他和读者初见它时是一样的感触：惊艳、心动，为这世界居然还有这么好的东西感叹。然后默默地想，要是能把它真实呈现在眼前该多好。至于其他事，都不想。一个环节一个环节地去做，一次次地打样尝试。整整一年，他考虑得最多的就是如何把它做好，仿佛它是他那一年的缩影，做它就是做他自己。

“有句诗是‘转轴拨弦三两声，未成曲调先有情’，我是这样工作和生活着的。我所有的文章、设计，所有生活里的点滴，蕴含感情是第一位的，先有情，尔后才关联其他。”

“山长水阔知何处，欲寄彩笺兼尺素”，古人很雅，书信称为尺素。器曰对信纸也倾注了深情，希望更多人把它用起来。

器曰书坊

新浪微博　：@ 器曰

微信公众号：器曰 (qiyueshufang)

他说："如果有一天你做的事情能成为你的寄托，那你的灵魂将得安。最单纯地喜爱，没有企图心、功利心。为了一件事情我可能会等，甚至做好等一辈子的准备，用每一天去注释这种感情。我希望能听从内心的呼唤，只有一个前提：心善。善良的心敲打出的回音是我愿意听到的心声。"

乙未年（2015 年）他做了一款文盒，这款器曰文盒取名"幽草"，灵感源自韦应物的诗："独怜幽草涧边生，上有黄鹂深树鸣。春潮带雨晚来急，野渡无人舟自横。"文盒是花梨木材质，外裹蓝色草木染棉布，纯手工缝制，内有笔、墨、纸、砚、帖、镇尺。这是一个完全理想化的作品，每个细节取材、做工都很考究。反复琢磨，数易其稿，从立意到成型，耗时五百多日，最终实现功能性和美观性的大融合，是非物质文化遗产工艺的作品合集、中国传统文化的集成之作，不是一般的俗制品。

帮他做花梨木盒的老木匠姓夏，满头的木屑子，一身好手艺。木工活儿非常精细，对眼力、手劲都是极大的考验。老木匠戴着老花镜，眯眼专注于手上功夫，宝刀未老。器曰用相机记录了老木匠刻木盒的全过程。他们是老搭档，周小舟很欣赏这样纯朴而自尊的匠人。

"不知从何时起手工业成了'大师辈出'的领域，打交道已经不容易了。机器工业的兴盛摧毁了传统的手工业，但传统手工业式微之后引发的保护热潮，有时候又会让人迷失。"他觉得手艺人的自尊来源于不可替代的创造力和审美实践，倘若脱离了这一条，而过多地走向前台，不仅是工艺的凋敝，也可能是人心的滑坡。

2015 年，周小舟又在无锡开了另一间书店，名"拾房书院"。扬州和无锡都是三线城市，节奏比较慢，也都是历史悠久的文化沃土，适合他这样不疾不徐、不爱繁华的人驻守。

拾房书院有书童帮他打理，大部分时间他都待在器曰书坊里，不被打搅，也不打扰别人，安心享受窗外的阳光和屋内的空旷。他说，这样很好，一切卑微的存在，都是沉默寡言的。

他养了很多小动物：小狗、鸡、乌龟、鱼……有一天他的鸡被黄鼠狼咬得满头是血，他心疼得不得了。周小舟又特别爱养花草，杜鹃、蜡梅、南天竹、佛肚竹、蔷薇、荷花、薄荷、芭蕉……品种很多。新的一年他想在院子里多添些品种，对应到每个季节里去，尤其是草本花卉，这样每个季节就能有每个季节的样子和颜色。

他门前的小湖尚未被命名，他曾邀请读者们来一起给它命名。后来，他将它取名"尔"，为悼念一位逝去的朋友——画家韦尔乔。他与韦尔乔并无交集，但因在韦尔乔的画作里感受到深刻的共鸣，而将他视作心灵的图腾。器曰书坊里一直在出售韦尔乔的书，矢志不渝。

01

02

古逸新畫
南方草木繪
景宋刊本
南方草木狀

03

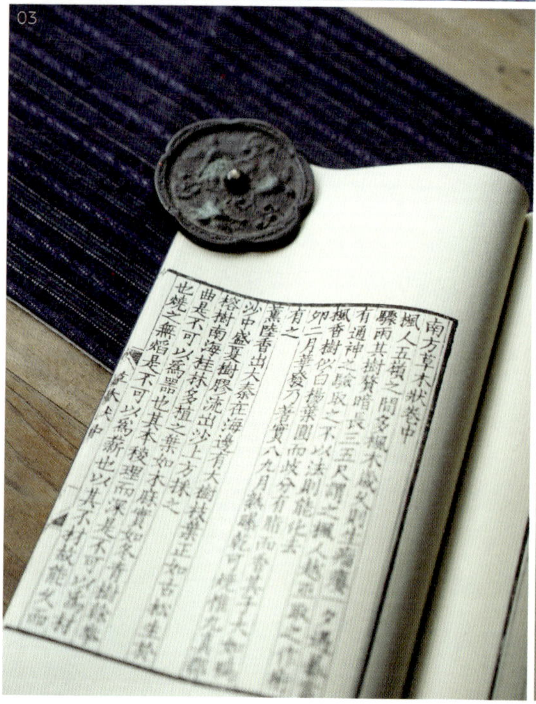
南方草木狀卷中
楓人五嶺之間多楓木歲久則生
驟雨其樹贅暗長三五尺謂之楓人
有通神之驗取之不以法則能化去
楓香樹似白楊葉圓而岐分有脂而香其子大如
卵二月華發乃著實八九月熟曝乾可燒
有之
薰陸香出大秦在海邊有大樹枝葉正如古松生於
沙中盛夏樹膠流出沙上方採之
榕樹南海桂林多植之葉如木麻實如冬青樹
曲是不可以爲器也其本稜理而深是不可以爲材
也燒之無焰是不可以爲薪也以其不材故能久而

04

他自己出过两本小书，一本叫《广陵散》，一本叫《倒影》，都是他以前写的随笔集，店里也有卖。谈到对生活的感受，他说："若忙忙碌碌，但做的事情自己并不觉得真的有价值，愁眉苦脸，只是不得已而为之，就很糟糕。反之，一件事情若值得你全身心地投入去做，有价值，觉得美好，这样便是每天都在构筑着人生的良性循环，就很好。"他所理解的"虚度时光"，是一种美满、圆满的生活方式。

他的凡常生活简净、素朴、平淡、欢喜。"安于一生的不是那些成功、那些华章，"他说，"从明天起，关心粮食和蔬菜。我有一所房子，面朝大海，春暖花开。这不是诗，是真实的生活。"生活简单之后，他发现，沉淀在内心深处的才是习惯的味道。该散的都散去，该留的才留着。

器曰的微信签名是：小舟从此逝，江海寄余生。对他而言，这不是悲观的人生态度，而是平静地望着远方，目送自己。于凡尘之中得一隅做书、读书，退守心灵之寂，独自深情。

01 | 古籍的制作有着非常繁复和讲究的工艺流程，这些工艺都是繁花落尽后的真功夫。

02 | 乙未春，周小舟立愿再刊《南方草木状》，并为其制作绘图配册，名曰《南方草木绘》。愿能完美其形神，图文并茂呈现一册千年古本的魅力。

03 | 《南方草木状》是一部最早的植物书，传为晋代嵇含所著，以其所闻岭南草木诠叙而成，公元 304 年问世。

04 | "雕版印刷已经非常式微，但我还在坚持，让更多的人了解这门古老的工艺，感受它的美好，是我的大心愿。"

05 | "当我看见一百年前的人和我做的事情是用同样的工艺，也怀着同样的敬畏和沉静，我很受鼓舞和安慰。假如能让一项技艺获得它应有的生存空间，哪怕只是窄窄的一道阳光照进来，靠着顽强的生命力，它也能传承下去。"

05

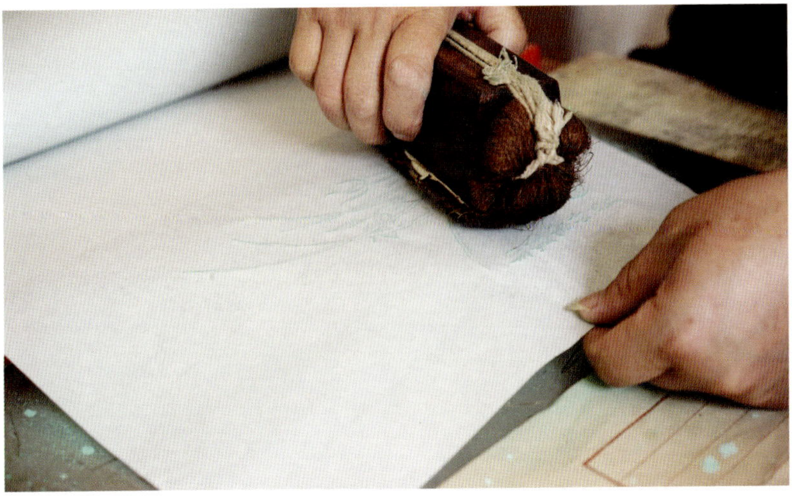

ALTERNATIVE DREAMS
No.1 2018
何为理想生活

创造自然

CREATE NATURE

房前屋后，各类花竞相开放。不管哪个季节，胭脂水岸总是五彩缤纷。

每天清晨，阿狸从睡梦中醒来，看着这满园子的花草，心里就无比欢喜与舒朗。

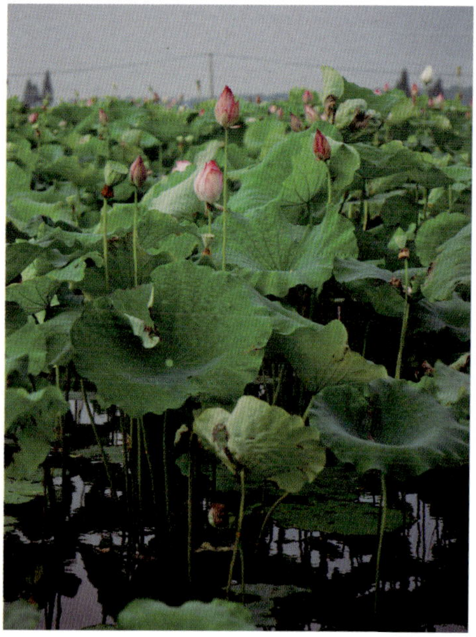

她喜欢素颜的自己，扎着长长的麻花辫，不着脂粉，清水出芙蓉，就像塘里盛开的荷花一般，自有一种朴素的天然之美。

在一处世外桃源，建起胭脂水岸

阿狸与船长

◎ 林近水源，便得一山，山有小口，仿佛若有光。
便舍船，从口入。
初极狭，才通人。
复行数十步，
豁然开朗。
——《桃花源记》

阿狸的田园生活处处透着平和素净之美，这美脚踏实地，带着泥土的气息，十分接地气。

李菁 | 文

李菁 | 图

在湖北省洪湖一片湖区，阿狸和船长，一对普通的农民夫妻，用六年的时间建造了一个繁花似锦的胭脂水岸。

这是一片几十亩的水塘，阿狸与丈夫将它承包下来，养鱼养虾种莲藕。

她唤丈夫“船长”，他们的家就隐匿于这片水塘之中。进出全凭丈夫手中的长篙和船，轻轻一撑，拨开水葫芦，在出世入世间自由换转，人生之禅意翩然而至。他们晨起劳作，暮合对酌，清帘沽酒，柴门煮茶，享尽世外桃源的淡泊，也承受着离群索居的考验。

世人容易“此山望着那山高”，亲身探访过他们后我深知，归园田居的隐逸，与在都市中的长袖善舞，此二者没有谁比谁更容易，都要历尽折磨才能获得。

一

十年前，阿狸与船长在城市做生意亏了钱，日子一度到了捉襟见肘的地步。生意失败让他们心灰意冷，遂回到这片鱼塘平复心中的挫败。

他们在鱼塘附近盖了间茅棚住，不通电，就点煤油灯；没有水，直接用鱼塘里的水。每晚九点趁蚊子大军到来前入睡，凌晨三点在一片墨黑中起床劳作。这种原始的生活看似平静，却无法点亮阿狸灰蒙蒙的心，生活太难了！

有一晚电闪雷鸣，风雨交加，鱼塘里的水不停上涨，几乎漫到茅棚，狂风刮翻了棚顶，船长死死拽住棚顶一侧，与风雨对峙。那个晚上是如何度过的，阿狸

这是属于阿狸与船长的世外桃源，胭脂水岸的美，在于它倾注了他们一种浓烈如故乡的感情，因此看花妩媚看水有情，把日子过成了一曲云水谣。

绵长的爱都在这生活的细节里。

不愿再回忆了，她只知道自己在风雨中沉默着瑟瑟发抖，心沉入深渊。

第二天，雨停了，水退下去，阿狸放声大哭，庆幸他们还活着。

田园美好，可自然无情，经历过这种折磨，阿狸对一个房子的渴望更甚。于是，他们又折回大城市工作挣钱，目标明确，就是为了有些积蓄后，能再回到水岸生活。

2007 年，他们再次回到洪湖，承包了这片鱼塘，做起养殖业。为了拥有自己的房子，他们开始在水岸边建一座砖房。钱不充裕，就自己动手；交通不便，就用木船将材料从码头转运进去，再一砖一瓦垒砌，除此之外还要养鱼维持家用。

那段时间特别艰苦，阿狸说把这辈子没干过的重活都干了，可即使艰苦亦觉得心甘。

没几年，积蓄花光，养殖还不成气候，收入无法支撑家庭开支时，二人又出去打工。

2012 年，在城市里挣到了一些钱，这时完全有条件留在城市生活。阿狸也曾想过物质富裕的日子，羡慕过别人住豪宅、开名车。后来在生活的磨砺中，她越来越清晰地发觉，自己喜欢大自然，喜欢自由，喜欢心无束缚，所以，阿狸和船长思索再三，决定再一次回水岸。除去对田园生活的眷恋，也是不想孩子成为留守儿童，不想父母成为空巢老人。

也是在那一年，历经世事艰难的阿狸，决定建一个水岸花园。她太爱花草，每次路过别人家的花圃，总会痴痴看上很久。

二

从2012年到2017年，六年倏忽而过，阿狸已坐拥繁花间。

两进房屋掩映在一片花木之中。厨房的外墙上密密地爬满爬山虎；红瓦上蔓延着凌霄花的枝叶；房前屋后，一年四季花开不败。不管哪一个季节，胭脂水岸总是五彩缤纷。屋里的布置，阿狸也全凭双手实现，她对美的感知似乎是与生俱来的。

她崇尚极简，家中物品越少越好。

莫以为归园田居的生活如此简单美好，除了赏花就是读书、听风，悠然自得，其实真正的田园生活非常辛苦。

阿狸每天都会在园子里工作很长时间，锄草、施肥、种花、浇水、铺路、建篱笆……她戴着斗笠在烈日下劳作，汗水大滴落在泥土里。每一样事物都经过她的手，慢慢显出最美的模样，这是她生活的道场。

她的花多，花盆也相当有意思。废弃的酒桶、油桶、铁锅、靴子、安全帽、脚盆、腌菜坛子、瓷缸、茶壶、杯子、饭桶等生活用品全部都可以用来种花。

望着胭脂水岸的一切，阿狸眼里有深爱的光芒。这里的每一样事物都经过她的手，慢慢显出自己最美的模样。这是她生活的道场，它们，成就了她。

在水岸过离群索居的日子惯了，就很怕去市区，喧哗与繁华固然好，可是终究与自己隔得太远，不及待在水岸守着花草更快乐。

附近的渔民大多以打牌为消遣，阿狸是他们眼中的异类，因为他们更看重经济效益。种菜种瓜都可挣钱，可是你偏偏种花，半分钱都挣不到。

阿狸走在路上时总有人问："听说你种了很多花？"

"是呀。"

"种花做什么呢？"

"好看呀。"

一句"好看"说出了她心底最向往的东西——美的体验，这是人这辈子应该孜孜不倦去追求的东西，不然人活一世同咸鱼有什么区别？

田园生活，让她的世界有一种清宁自在的意趣。

她时常聆听自然之音。林间晨跑时，听布谷鸟的叫声、鸡鸣声、狗吠声、水流声；晴日临窗画画，可听群鸟振翅声；雨天坐在院子里看书，听雨滴落在荷叶上的啪嗒声；甚而，当心中静至无尘，可听到植物拔节，花朵盛开的清音。有一日，她顿悟，此刻的自己正处于最幸福的状态，它并非刻意追求，却是历尽艰难后的随意而至。

这样的生活，千金不换！

三

两人相依相伴，互相珍爱，过自己喜欢的平常生活，却未曾想到，这样的生活是很多人心里的梦。

凌晨四点，阿狸开始了一天的时光。静坐、读书，心如万物般寂静。六点，晨光熹微，她换上跑鞋，扎起马尾，去杉树林里跑步。坚持跑了十年，使她看起来有一种健朗蓬勃的朝气。

树林里的布谷鸟一声声地叫着，音色洪亮。晨光透过林间的绿叶星星点点撒在身上，大黄狗皮皮在后面默默地跟着，穿过风，她的心在飞。

有人说“跑步是中产阶级的广场舞”，阿狸不懂这些，她每天坚持运动，是因为她害怕生病，她不能让两个人的生活再多一笔看病的花销。跑累了，在路边的吊床上躺会儿，或是荡会儿秋千。跑完步，阿狸回到属于自己的房子。

伍尔芙说，女人要有一间属于自己的屋子。在胭脂水岸，阿狸还有一间属于自己的小小书房，里面陈设极为简洁，桌椅、床、书柜、书，再无多余一物。

木桌正前方是一扇窗子，窗前有一片宁静的水塘，远处的树林倒映在水中，影影绰绰，宁静致远。晴窗坐对，眼目增明，她常坐在这里读书、写文、画画，这是属于她的岁朝乐事。

这些年，她一直保持着阅读的习惯，对美的感悟渐生。汪曾祺、梭罗、刘墉……这些作家写人间草木的书让她爱不释手，总有许多共鸣。

她折腾的东西不止于此。

她从未学过画画，却喜欢在石头上作画，画得最多的就是花与树，一派浑然天成的自然景象。

她喜欢音乐，还买了一把吉他，没有老师，就在网上自学。如今，她已可以

胭脂水岸

微信公众号：

胭脂水岸

（gh_16a4fqfd9594）

这样美的花园，是阿狸送给自己的礼物。

晴窗对坐，眼目增明，她常坐在这里读书、写文、画画，这是属于她的岁朝乐事。

对着谱子边弹边唱了。傍晚余晖笼罩，一位长发及腰的女子，轻轻拨弹着吉他，偶尔望向远方的天空，画面好似电影里的场景。

每年她都会出去旅行一段时间。为了一年中仅有的一次旅行，平常她会更加努力地工作。阿狸独自去过终南山、拉萨……她还喜欢户外运动、做义工，不管她做什么，去哪里，总有个人留在胭脂水岸为她照料花园，等她回家。

四

夏日，荷塘的一片绿里闪着星星点点的粉红，船长划着木船，带着阿狸去采莲子。木船在水波中摇曳着，莲花亭亭，充满了古人意趣。

阿狸坐在船上，见了长势甚好的莲蓬就摘下，随手剥了外壳，取出内里饱满的白色莲子，放进嘴里轻轻嚼着。清新甘甜，像是自己苦尽甘来的生活。

他们的爱如这荷塘里的荷花一样，清新淡雅，又历久弥新。

阿狸善于从平常的生活中寻找乐趣，喜欢闹腾，有时会淘气地逗船长。船长脾气好，为人憨厚，总是笑，从不生气。

你在闹，我在笑，这是他们的幸福。

生活不易，可他们从没为油盐柴米红过脸，这得益于两人皆甘于淡泊的心。

船长并不是一个浪漫的人，说不来甜言蜜语，也不知如何讨爱人的欢心。当年还在广东打工时，两人省吃俭用心心念念要攒钱买房子。情人节，街上的花店摆满了玫瑰，他拿起一朵，想到阿狸收到花的样子，就开心得不行，可是问问价格又把玫瑰放了回去。第二天，花店的玫瑰花都打折了，他欢天喜地买了一支回来。阿狸拿着玫瑰花，心里满是幸福。她明白，这是朴实的丈夫表达爱的方式。

在水岸过起田园生活后，船长依然对阿狸百般宠爱。从动手盖房子，到一起为她建花园……他默默地付出，从无半句怨言。船长一米八几的个子，因为常年劳作，皮肤粗糙黝黑，脸上轮廓硬朗，望向阿狸的眼神却很是温柔。

廖一梅写过“在人的一生中，遇到爱，遇到性，都不稀罕，稀罕的是遇到理解”。

阿狸喜欢读书、画画、弹吉他，这些船长都不懂，可他无条件支持她做的每一件事，只要她高兴。

有一天夜晚，摩托车穿行在夜色中，坐在后座的阿狸环抱着这个男人的腰，心里充满安全感，无比感激。她确信，她的人生，无论在哪里，无论怎么过，只要是和这个人在一起，就是好日子。

五

凌晨三点，船长起床，打着电筒撑着船，去自家的水塘里捕龙虾，再开着摩托车将几筐新鲜的龙虾拿到市场上卖。

冬天，船长在雪夜破冰下的鱼塘捕捉鱼虾，那双手被冻得裂开口子。阿狸心疼，冬天就不让他再下水劳作，她宁愿丈夫少挣些钱，也要身体健康。

清晨七点，船长回来，早餐一碗碗端上木桌，莲子汤、玉米、韭菜饼、黄瓜……一对平凡的恩爱夫妻临窗而坐，边吃边聊这一日要做的农活，絮絮叨叨，犹如蜜语。

在水岸的每一天都是平淡无奇的，但因为彼此，多辛苦的日子都像发着光。

胭脂水岸位置偏僻，交通不便，很少有人来。也因这样的不便，成全了它的宁静和与世无争。这是属于阿狸与船长的世外桃源。

如今，人们开始知道湖北洪湖有个胭脂水岸，称阿狸与船长是现代的神仙眷侣。他们总是很低调地回应，说自己只是很平常的农民，想拥有一个理想的居所。朴实的他们从未想过，这样的生活是很多人心底的梦。

暮色四合，船长划着船，载着阿狸在水塘里采荷。波光粼粼的湖面上，那一道剪影，似是画中来。

渔舟唱晚，人间清欢。

他们只想拥有一个理想的居所，有繁花盛开、绿树成荫、瓜果蔬菜。

农场主小丽

在大理，造一个梦幻农场

彩虹农场小丽

◎ 这是我选择的生活，
所需全靠双手劳作获得，
不需要多余的金钱和
多余的关系，
我只需要食物、自由、
阳光和爱，
以及幸福地活着。

带着时令蔬菜去赶古城的市集 。

云晓 | 文

小丽 | 图

世上真有人过着海子诗里所写的日子：做一个幸福的人，喂马，劈柴，关心粮食和蔬菜。

她有一个农场，在苍山洱海间的田野上，雨后能看到未经高楼切割的整条彩虹，她给自己的农场取名“彩虹农场”。

小丽本来是一个在北京做珠宝设计的时髦姑娘，有自己的工作室，每天晚上两三点睡，早上六七点起。这样的日子持续了五年，她被消磨得疲惫不堪。

2011 年，小丽到大理双廊的客栈做义工，待了一年，然后回到北京继续先前的生活。小丽以为一切能回到从前，但是她对大理的生活念念不忘，不停地往返大理和北京。这种心不能安于当下的状态，持续了一年。

“一年的反反复复让我开始思考：为什么我一定要在北京生活？当我把所有问题都罗列了一遍之后，发现竟没有答案。”小丽想，干脆搬过来生活吧。放弃北京的设计工作室和未来可能会取得的“成功”，做一个海子诗里所写的幸福的人。

刚来大理的头两年，小丽一直帮朋友看店。遇到她的农场，起于一个偶然的机缘。

一天傍晚，小丽骑着摩托车经过一大片金黄的田野。田野上有两间白色的小房子。她停下张望，成片的鹧鸪鸟从空中飞过，阳光洒满田野，映衬着不远处青

农场员工竟南因常年劳作的关系，生物钟和自然同频。日出时，他跟着一起起床，有时也会刻意稍早一些。先骑车到洱海边拍下每天的日出，再回到农场开始劈柴、烤面包、耕种……

小丽给怀中抱着的羊取名为“羊肉汤”，羊肉汤每次见到小丽都会举起双蹄，“咩咩咩”叫唤，然后用舌头轻轻舔小丽的鼻子。

蓝连绵的苍山。那一刻，小丽感到心被狠狠撞了一下，脑子里冒出的所有形容词，在这片美景前全都不得劲儿，心里有个声音对她说："就是这里了！"

萦绕在心底的农场梦——曾经连想一下都会忍不住骂自己的"白日梦"，就这样突然变成可能。

第二天小丽找田地的主人洽谈，第三天就签合同租下来了。

田地约有十亩，除了头顶上的蓝天白云和脚底下的红土地，没有其他任何现代设施。小丽坐在田野上茫然失措，这……接下来要怎么办，没开过农场啊。

眼下最要紧的，是先给自己建个住处。既要省钱，又不能看不过去，自己动手是最靠谱的办法。

于是，这个以前只会设计珠宝的时髦姑娘和一个会做木工的朋友，开启了建筑工人模式。

整整一个月，小丽每天在地里除草、挖坑、削木头。用手削，用手刨，用手搬。盖木房子的木料是从旧货市场买到，和朋友一根根扛来的。房子里的家具也是随处找来的旧物件——旧门板当饭桌，车轮胎当靠椅，空酒瓶里插上田野里的野花就成了花瓶。

木头来自土地，可以呼吸，与周围的田野、动植物、蓝天晚霞、夜晚的星辰都能产生联结。远远望去，这座新建好的木房子，就像原本就长在那里一样，为她遮风挡雨。

农场最初一片荒芜，小丽整日埋头于此开垦、播种、种树。如今农场周围的树木已亭亭如盖矣。

小丽第一次干重体力活，身体承受着以前难以想象的辛劳，内心却意外地感受到创造、安定和自由的能量。

离开现代工具的帮助，告别“买”来的生活，潜藏在身体内的创造性被解放出来。

于是，小丽不仅自己盖了房子，还和几个朋友一起包揽了其他基础设施：挖井取水，自建厕所，做传统的柴火烧烤炉，更有甚者，还自己装了太阳能系统、自备发电机。在苍山的见证下，晒得黝黑、累得精瘦的小丽，靠自己的双手让彩虹农场的一切从无到有。

小丽把十亩地分成几个区域。四亩地用来种粮食，比如小麦、菜籽和水稻。在朋友的帮助下挖了两个水塘，养了鹅和鸭，还弄了两个大棚种植西餐用的香料。小丽希望这个农场是一个大家参与建设的大家庭，所以还留出了两亩地，供大家扎帐篷、烧烤、发呆、看日落、撒欢儿，做一切好玩儿的事。

农场主小丽每天日出而作，打理花花草草和农作物，不施化肥农药，也不催长，就让作物按照自己的生长周期自然生长。她觉得，人的一生是慢慢度过并感受过程的，其他生命也是。

一天的劳作之后，小丽一般会烤个面包。躺在地上吃着刚烤好的面包，闻着青草野花香，看晚霞布满天空，看太阳渐渐落到苍山背后，直到天空变成深蓝，挂满亮晶晶的星星。

蒋勋说："丰收时，最饱满的稻穗都是弯着腰的，更接近土地，如果还傲慢地直立起来，就不是好的稻壳。"成为一个农场主，小丽学到最多的是，怀抱对天地的谦卑与尊重，深深扎根在自己选择的世界。

夜晚的田野上，还经常有朋友带着酒，带着菜，带着乐器来农场开篝火晚会。在广阔的田野上边唱边跳，累了就躺在地上，渴了就去井边打水，然后在星星和月亮的照射下、微风的吹拂中，围坐在帐篷前分享彼此的生活感悟、趣事，说心底真心的话。

在大自然中，清醒真实地活在自己曾经的梦境里，不再向往远方，也不再迷茫当下。

小丽说，这样的生活在北京是一种奢望，现在却成了她的日常。如今真的看清了，只有食物、住所和爱是人真正需要的东西。

自然唤醒了她的野性，她感受到了植物的生长，看懂了动物的眼神。她健康黝黑，总是哈哈大笑。

农场的阿姨担心她不用农药化肥收成会不好，和她争吵，她不生气，因为能感受到这争执背后来自陌生人的爱。

“阿姨虽没有有机种植的概念，可是她却知道爱。就像种子、植物和动物虽不会说话，但是当人种下它们、饲养它们的时候，它们却会用自己的果实和生命来爱人。”

她称呼农场的植物和动物为朋友，他们互相陪伴度过每一天，生命平静而充实地前行着。

她意识到这才是活着的样子。靠劳作耕种获得食物，用土地的创造换取经济来源，亲密的朋友与爱人陪伴在身旁，所做之事并非因外界压力而起，而是源于内在的驱动：简单、快乐，以及感知到自己与这颗星球上的万物相连。

百年前梭罗步入山林，说：“希望活得有意义，活得深刻，吸取生命中所有的精华，把非生命的一切都击溃。以免当生命终结时，发现自己从来没有活过。”

我问小丽当初是什么让她下定决心放下事业离开北京的，她说当她忙得一塌糊涂的时候，她终于明白不值得为了钱继续耗费自己有限的人生。

所以，她离开城市，不被既定的价值所缚，也不再像一个不停旋转的陀螺那样活着。所求极少，生活简朴，却拥有无数个宽广、自由、充满阳光与爱的日子。

只有寂静的心才是敏感的，因为它能感受到世间万物；只有自由的心才是敏感的，因为它能感受到自己依然活着。丢掉胆怯，去创造吧，为我们仅有的一双手；丢掉束缚，过得幸福吧，为我们只活一世的生命。

经过汗水的浇灌，彩虹农场收获了满地金子。

大理彩虹农场

因为农场现在正在调整过程中，去农场需要经农场主小丽筛选，不能自主前往，所以地址暂时不对外公布。

预约微信：13810643955
预约电话：13810643955
微信公众号：大理彩虹农场
(dalirainbowfarm)

创造生活

CREATE LIFE

云晓 | 文
找茬夫妇 | 图

茬先生镜头里的茬太太

怎样度过早晨，便怎样度过一生

找茬夫妇

◎

“身在哪儿，心就在哪儿，这是把生活过好的唯一途径。”

生命就该被温暖的东西所包围，清晨就该用美味的早餐唤醒。

在过日子这件事上，找茬夫妇，真是身心合一的典范。

每天早上六点四十五，茬太太准时起床，放音乐，开窗，在晨光中浇花，然后进厨房花二十分钟左右，为茬先生准备早餐。每日早餐不同，有时是葱油拌面，有时是抹茶松饼、红豆包、南瓜汤或提前烤好的蛋糕、饼干。偶尔茬先生因为馋上了什么吃的，随口提一句，茬太太也会想办法将它变上餐桌。

茬太太负责做饭，茬先生负责拍照。吃完早餐，八点，两人准时牵手出门上班。

上班路上，茬先生时常心生喜悦，掐着时间拍下茬太太当天的模样。破旧的楼道里、路边、花下、阳光里……看照片，茬太太眉眼俱笑，不见半分赶着去上班的焦躁。

一天的好心情就是这么开始的。

两个人从中餐吃到西餐，从繁复吃到简单，每天清晨循环往复，从没有觉得腻味疲乏的时候。

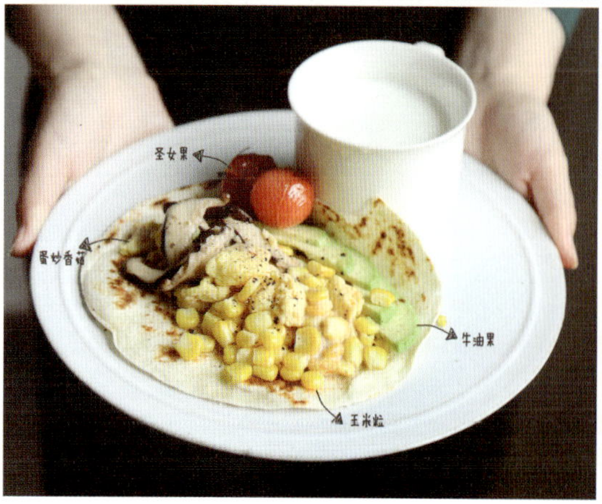

一

茬太太本来外号叫苹果，有一段时间她很爱玩大家来找茬这个游戏，顺手就把微博名改成“没事找找茬呀”，茬先生跟着把自己的微博名改成了“我就是茬呀”。于是如此幼稚的两人就成了找茬夫妇。

过去三年，上千个早晨，找茬夫妇一饭一蔬的光辉，凝结成了一部“茬食堂纪录片”。上千个平凡的清晨，烙成了心底的良辰。

他们的家，在杭州一个旧式小区里。找茬夫妇自己设计改建了这个小两居的二手房。没有电梯，老楼处处显出斑驳陈旧，胜在环境幽静，离上班的地方近。

坐在客厅吃早餐的时候，透过窗户能看到颜色深厚、似要滴下墨绿色汁液的绿树，推开窗户还能听到鸟叫，时不时飘来远处老人们的说话声、街头小贩的叫卖声和刚出炉的包子香。

两人都做建筑设计，在不同的公司。虽说是朝九晚六，但几乎没有正点下过班。通常到家已经是晚上九十点，洗洗涮涮后，继续改图纸到凌晨。

茬太太说，每天早起做早餐是她最开心也是最期待的事，“只有在清晨才有机会和他坐下来，好好吃顿饭”。

“我们都特别忙，休息时间也经常对不上，不是他有事就是我有事，如果不做早餐可能一周都一起吃不了两三顿饭。假期时间也凑不到一起，只想好好珍惜每天能把握的早晨时间。”

工作占去太多时间，是大多数人的身不由己，但每个一同醒来的清晨，陪伴着好好吃顿饭——无论窗外是晴是雨，树木的绿色是浓是淡——也能在刹那间让人体会到永久，成为一天中发光的时刻。

每个清晨都是茬太太的闪光时刻。

偶尔起晚的时候，两个人一起配合做早餐，就像生活电影加了快进。

大学恋爱，毕业不久结婚，人生这条路很长，不过幸运的是剩下的路有彼此。

我觉得我要的不多，有一间洒得进阳光的屋子，有个可供我饱腹的厨房，最重要的是每天有你。

早餐时间亦是荏太太的每日时装秀。

二

因为工作忙，两人很少远游。虽少见他们分享远方的景，但他们时时用最平常的字词，组成平凡的句子，写出流动着情意的段落。茬太太俏皮地说："生气的时候，我就拿出来看看，想想他的好。"

茬太太：

"冷战中互不理睬时，我打开冰箱准备拿西瓜吃。可等我一看到西瓜，我就原谅茬并想和他和好了。那个西瓜周围被茬吃了，最中间挖下来的半球状却依然在。因为我和他说过，小时候习惯把好东西的第一口给妈妈咬，之后茬先生就把最好吃的部分留给我吃。事后我问他，他说吵架那天想把中间那口给我吃，可他又很生气，于是挖下来放在那里，等吵完再给我吃。"

茬先生：

"每次出门都是她在前面跑跑跑，我在后面拍拍拍。她怎么就那么放心？不怕一转头，我就不见啦？"

在更多的记录里，爱情不见字眼，情意全落在了吃饭、穿衣、工作等琐碎小事上。"今早红薯酸奶的味道有点儿奇怪"，"春夏秋冬每个季节都要应季看一遍《小森林》"，还有一方被强制要求睡觉前必须泡脚暖身，不准感冒的事。

喜欢什么就马上尝试，不把想做的事等到以后，不把想过的生活放到未来，这样的心态会滋养出源源不断对生活的热爱，以及新的志趣。

三

茬太太一直有开个小店的梦想，便常和茬先生念叨“等我们老了，我就去楼下摊饼卖早餐，你在旁边榨豆浆和果汁”。

现实条件不允许，茬先生就陪她周末在家做“下午茬”，然后在网上售卖。周五晚上加周六白天最多能做六份。两人打包好，看着自己的心意被传递出去，心里尝到为梦想努力的滋味，满足不已。

后来“下午茬”暂停歇业一阵，两个人又自学拍早餐视频，在网上花七十块钱下载软件，自己学剪辑。有时候家里的小猫萌萌也探头出镜，一家人在小小的老屋里，过得灿烂耀眼。

三毛写过：“在我有生之年，做一个真诚的人，不放弃对生活的热爱和执着，在有限的时空里过无限广大的日子。”找茬夫妇把这句子，实践在美好的日常里。

茬太太说：“我们喜欢简单朴素的东西，喜欢收拾家务，喜欢做饭，喜欢刷碗，喜欢植物，喜欢清晨的阳光，喜欢认真生活的每一天。”

“想着过几年，或者几十年，很老很老的时候，回看现在记录的生活，应该会觉得拥有许多个美好的日子吧。”

不把当下的生活当作一种手段，不把它们当作通向未来美好生活的工具，生活的目的，就是生活。

唯有那些于眼前和现实而言的无用之事，构成了生而为人的趣味。

冰箱里提前备好食材，就算不一样的早餐也能很快做好。

找茬夫妇

微博：

@没事找找茬呀

正在白瓷陶上画画的猎猎

不必行色匆匆，不必光芒四射

猎猎

◎

人生最难的是放下，里面并没有深奥的禅机。放下是指，放下争之心、夺之意，证明自己之念

院子不大，但容得下花卉，植物生长，猫在其中漫步，友人往来和沉淀安心的年岁。

猎猎是她的名，出自《山海经》，是一种兽的名字，形容一种很有力量、洞察一切想法的状态。

猎猎，85后姑娘，做茶、写文。先生做陶，两人在庙山下租了个小院，自己动手改造成工作室，岁月有意，身心可寄。

小院门口有两株凌霄花，红红的小花一簇簇地垂在院墙上，兀自美丽。山里的光阴似乎比外面慢一点儿，容许人们在日子里留出空白，心怀诗意过活。

猎猎随手用照片记录下自己日常生活的点滴，却在一个App（手机软件）应用上拥有二十多万粉丝。“我也不知道从哪儿冒出这么多粉丝。我并没有专门学过摄影，也许取景器后的眼睛和心比较重要吧。”

这个面容清秀、说话直爽的姑娘出生在云南普洱市景东彝族自治县——位于无量山和哀牢山之间。她六七岁时随父母工作调动来到山东日照，在这里一直长到去北京读大学。

猎猎学的是戏剧影视文学。读大学那会儿，她最大的乐趣是跑遍京城各大剧院去看戏。看着舞台上呈现喜怒哀乐的人生百态，那些她经历和未曾经历的隐秘情感能在某一瞬间被揭开。

她是对文字还有梦的人。身处繁华，可慰藉灵魂的不过一张薄纸票根。寻着梦的影子，她做了一段时间的编剧，却发现其和理想的模样大相径庭。“写电视剧特别熬人。写大纲，分集，每天开会，讨论，再写，最让人不能忍受的是，很辛苦但写的还不是自己想写的东西。”

在编剧圈里沉浮几年，也让猎猎明白，一个心未宁静、未怀生活及万物的人，是写不出好文字的。

心一旦和当下生活生出裂缝，就会面临选择。留在北京，还是跟着先生回到山东日照，猎猎几番考量，内心纠结。回去之后做什么？生活怎么办？她对未来的日子虽有期望，但也面对着赤裸裸的现实。

猎猎最终选择放下，她说：“总有一段人生是要用来虚度的，让梦别处生，也让自己随心活。”

猎猎的先生是学陶艺设计的，一门心思做陶，乐在其中，心神被滋养得充足。而猎猎，跳脱原本的环境，从京城回到小城，如最初做选择时所忧虑的，心无处寄托。

此时得遇少年时代的偶像，那个曾经风风火火办杂志画展、做各种创意手作、留着长发、扛着相机、活得恣意盎然的人。如今相见，已是另一般模样——隐居在自家车库改造的工作室喝茶习字，手机电脑相机早已舍弃，一大摞专利证书堆在书堆里落满了灰，倒是横七竖八挂了很多书法作品。早年那些耀眼之物，谁要是喜欢他都送。

闲来无事，猎猎常去找他喝茶聊天。他赠猎猎手抄《心经》，猎猎念到最后，看见落款印章“阿本无恙”。阿本年轻之时，耀眼肆意，是大多数人羡慕的对象；但心未得安，辗转多处，才修得安放内心之所。

猎猎随着阿本，在他的工作室里用眼、用心看得仔细，看他物尽其用，看他回归，看他做减法，如名字阿本，本真质朴。这让猎猎想起佩索阿所言：“纯粹，就是不要一心想成为高贵或者强大的人，而是成为自己。”

阿本对猎猎说：“你要慢慢学着放下，不再向外求，内心就会安定很多。”

猎猎心存疑惑：“年纪尚轻，人生还未提起，就谈放下。放什么，如何放？”

阿本笑：“那你就喝茶嘛。”

“幽幽的夜，喜随众草长。曲微茫，茶未央。只问一句，别来无恙。”

“山中岁月，一日长于一年，待一日，友人翩然而至，汤响松风，饮了茶，口不能言，心快乐自省。”

守着一个院子，两张茶桌，一棵芭蕉，两棵凌霄，还有一只黑猫，做个真诚的侍茶人，有人来了，知对方喜欢坐哪，听什么曲，喝什么茶，然后互相聊一聊生活的美丽与哀愁，各自安逸而归。

“从从容容地过日子，看花开花谢，人来人往，并不特别追求什么，也不被‘截止日期’所迫。”

她不信，作为一个从小喝茶长大的姑娘，她仍一肚子问号。家里只有普洱，猎猎又弄来许多茶器，开始修习茶汤之序。

“一步步煮水、温壶、赏茶、注水、投茶……从荒腔走板到心手闲适。然后买来的茶器不顺手了，就自己选泥选釉做起茶器。再后来茶也不顺嘴了，就自己进茶山选茶采茶做茶。”

一晃几年，猎猎的身心已经安放在小村子的小院里，守一个院子、两张茶桌、一棵芭蕉、两株凌霄，还有一只黑猫。一日她去向阿本求了“放下”两个字，挂在茶桌旁。“人生最难的是放下，其实里面并没有那么多深奥的禅机。放下是指，放下争之心、夺之意，证明自己之念。不矫饰不自欺，能安贫，能乐道，能感受细微之美、人生悲欢体验之乐，而不是为了从生活中抽离。”

猎猎说：“生命中总有那么一段时光充满不安，可是除了勇敢面对，我们别无选择。”

来日照之初，猎猎的先生一人做陶，收入不稳定。她和老公琢磨着开了一家小店，以补贴家用。店开了没多久，房东就涨房租把他们撵出来了。日子这样难，身边亲近的人都担心他们。猎猎却笑：“苦虽苦，大不了从头来过。人生苦短，生死有期，活一天赚一天。最起码已经过了自己想要的日子，这样活过了。”

猎猎和先生搬至离市区不远的山上，搜索一遍钱财之物，交完房租，所剩无几。他们也不过多在意，人虽需要经济过生活，但最需要的还是安贫乐道的心。

猎猎的先生做陶，她做茶待客，写儿童剧本、微电影，渐渐能维持生计。

猎猎把茶从云南家乡带来。她每年亲自回去采，山路陡峭，采些合心意的茶不易。“那些走过的山路、看过的茶树、闻过的花香、嚼过的树叶都融入血液，说不出来如何的好。”茶是滋养人的有灵之物，透过一杯茶，望见岁月沉浮，茶的滋味映照着内心悲喜。

她与来的有缘人讲茶，讲到明末大散文家张岱一生肆意精彩，饮茶的段位也无人能及。

“少为纨绔子弟，极爱繁华，好精舍，好美婢，好娈童，好鲜衣，好美食，好骏马，好华灯，好烟火，好梨园，好鼓吹，好古董，好花鸟，兼以茶淫橘虐，书蠹诗魔，劳碌半生，皆成梦门。年至五十，国破家亡，避迹山居。所存者，破床碎几，折鼎病琴，与残书数帙，缺砚一方而已。布衣蔬食，常至断炊。回首二十年前，真如隔世。”

一切有为法，如梦幻泡影，如露亦如电，应作如是观。

不随虚妄念，静看润物无声、岁月生情。猎猎在院子里种了柿子、金银花，院子不远处就是苹果园，那儿四季有物，有时桑葚，有时樱桃，可酿酒，可制蜜。到了摘柿子的季节，猎猎看着结得热闹的柿子树笑，“改一下聂鲁达的诗，我要在你身上去做秋天在柿子树上做的事情”。

猎猎家里的陶器皆是先生所作。陶不是瓷，若以人来比拟，它不属于第一眼美女，却属于岁月。日复一日，美由时光和心造，藏着生活之美的魂。

猎猎四岁的儿子已经在上幼儿园。儿子随了父母，爱泡茶，会对幼儿园的老师说“老师，你来我家，我泡茶给你喝”，还爱陶，爱与自然万物说话。看着银杏飘落，儿子会对猎猎说：“妈妈，你看，树叶在跳舞呢。”有时，还会调皮地敲小院的门，喊“妈妈，有你的快递”，然后跑开。猎猎开门一看，发现地上是儿子放的一捧花。

在广漠的时光之流中，伍尔芙曾说：“不必行色匆匆，不必光芒四射。”

认真做好每一天的小事，让春有新芽，夏有花，秋有果实，冬有雪；有一点儿甜蜜，便生出许多甜蜜；有一点儿快乐，便生出许多快乐。

只愿日子自在
灵魂单纯明亮
岁月如陆游所吟
“人间万事消磨尽
只有清香似旧时”

目 猎猎
微博：
@周猎猎

“舍，就是得；不舍，哪有得。放下，便得自在。”

ALTERNATIVE DREAMS

AUTHOR'S WORDS

云晓

01

时隔许久，我依然会时不时想起绘本作家郭婧的那双眼睛，湿漉漉怯生生里流出一股坚定，像个背负着命运孤身行走的勇士。记得采访结束当天，我回家躺在床上流着眼泪回想她那双眼睛，想起她说的“一定要成全自己的梦想一次，哪怕画完不能出版，哪怕没有人愿意看，但我把这个梦想画了出来，便不留遗憾”。

在前行的路上，每个人或多或少都是他人生命的见证者、祝福者，乃至成就者。当时采访完郭婧的我，也正在面临自己人生的一些选择，所幸相遇郭婧，以她的孤独及其创造在我的路途上点了盏灯。

在郭婧之外，也有无数颗心灵、无数个故事落入我的生命中，我有幸将心放进他们的故事里沉淀清洗，也有幸用一支瘦笔书写他们发出的微光。他们大多在人生的某个阶段，或决然割舍，或自然而然地选择了一条更贴近内心的道路，身体力行地将生活变得更有趣，并且安心其中，用无数个朝起暮落去完成自己的选择。

就如巴金所言：“没有人因为多活几年几岁而变老：人老只是由于他抛弃了理想。岁月使皮肤起皱，而失去热情却让灵魂出现皱纹。你像你的信仰那样年轻，像你的疑虑那样衰老；像你的自由那样年轻，像你的恐惧那样衰老；像你的希望那样年轻，像你的绝望那样衰老。在你的心灵中央有一个无线电台。只要它从大地，从人们…… 收到美、希望、欢欣、勇敢、庄严和力量的信息，你就永远这样年轻。”

愿这些人的故事让你有所得，愿你开启心灵中央的无线电台，然后永远年轻。

苏慢慢

02

茶乡人，喜茶、喜书、喜光影。蜗居鹭岛，散漫度日。努力在每一寸流动的时光中，活得安详、自在。

“美的物品并非诞生于天才之手，而是诞生于普通人的日常生活。”往夕说设计师的主业是生活，翻看她的朋友圈，的确如此。在喧嚣的京城，她活得安静、从容、诗意。工作之余照顾家人及孩子的日常起居，明明是寻常生活，却好似全无尘烟俗气。

“梅酸对李苦，青眼对白眉。三弄笛，一围棋。雨打对风吹。海棠春睡早，杨柳昼眠迟。”她写与小儿读《声律启蒙》朗朗上口，像在玩游戏。她写每年刚来暖气时的两大乐事，一是午睡不用盖被子，只消盖着日光就睡得暖洋洋，二是从早到晚，看光线一一照过近窗的梅瓶、杯盏、植物，傍晚时再一一照回来家具物什。

她用自己草木染的茶席、杯垫，吃一盏茶，插几株花，捕捉并记录一束光的落脚点，在她的往夕工作室，“此处一风一物，往来的人事，从枯枝到生发、此刻被秋风翻动着波光粼粼叶片的老树，尽数流淌”。

更多的是她的草木染播报与各种面料的布匹、服饰、流动的纤维、茜草染戒指绒围巾、黑檀木染阔袖长衫、色织柞蚕丝外套……安居岁月，诗意生活。不与人争，让一切自然发生。

远远地观望往夕的日常，我更明白了，双手所造，第一是自己的生活，其次才是作品。

小书

小书，85 后生人，从小立志从事的职业不下十种，奈何一事无成。兴趣广泛，琴棋书画诗酒茶，样样爱好，却无一精通。虽然胸无大志，幸得性情开朗，勉强快活至今。

人生偶遇“好好虚度时光”，被其“做无用之事，度有涯之年”感召。后又通过“虚度”平台，与很多匠人结缘。他们不畏世俗主流的评判，“自由任性”，执着于梦想，专注于手艺，放肆快活。能将他们的故事记录下来，是我的人生幸事。

观自身前十载，奔波于“房子、车子、票子”，沉浮于世，熙熙攘攘，名名利利。看似成就于体面的工作，得意于精致的生活，其实终日内心失落彷徨，茫然于自己究竟喜欢做什么，困惑于是否要继续这样无趣的生活，却又没有勇气脱离。

有时夜半辗转无法入眠，深觉“空虚”一词对我至此的人生形容真是贴切。在此，不得不感谢“好好虚度时光”，让我看到如此多主流之外的精彩人生，让我有勇气再去解读本心，再去思考自己想要怎样虚度时光。

2017 年初夏，我辞职离开北京，暂移居西南边陲小城，做些自己喜欢的事情，并开始“瞎晃”。舒国志说“如果心里没有一种稳定的能量，在外面瞎晃的时间越多，心里越空虚”，我正在践行中。我并不知道我是会在“瞎晃的空虚中生出志气”，还是会更加沉沦，只是有一点越发清明，这正是我当下的心之所向。

晴蓝

我是晴蓝，挚爱江南的闽南人。热爱自然、植物、音乐、文字。佛弟子，素食主义。最幸福的事是待在大自然里，与青山、岩石、林木、流水为伴。

近来走在城市里，眼里看到的、耳里听到的、鼻里闻到的，都觉得太多了，太满了。城市里有太多商品、太多声音、太多气味，到处都被充满了。“五色令人目盲，五音令人耳聋，五味令人口爽，驰骋畋猎令人心发狂，难得之货令人行妨。”我们真的需要那么多吗？它们又将与我们的身心产生怎样的连结和效应呢？

说不出的感恩，接触到许多身有静气的手艺人，深觉自己的拙笔承载不了他们身上那些美好的能量，虽然承载不了，却极愿尽自己一点拙力，用文字去记下与他们有关的一切，点点滴滴，皆发自内心，写文章的时候与他们的人物内核产生了力所能及的连结，于是自己在那个时间段里仿佛也变得和他们一样了：安然、虔诚、柔软而又坚定。心里被巨大的幸福感填满了。就像他们在双手造物的过程中，心中时常被巨大的幸福感充满一样。

我想，手作于他们而言，应该是一件自然而然、不得不为之的事情。亲手一点一滴创造各类小物，填满生活的所见、所听、所闻，被它们包裹、环绕，与它们一一产生连结。这种感觉一定是扎实的、灵动的，人与物、人与周遭不再有隔膜，心与外界直接相连，不被多余的声音干扰、阻隔。手作的材料源于自然，通过手作，他们与自然的连结变得畅通无碍，合二为一了。这是工业时代呈现给我们的钢筋水泥、塑料制品不能赋予的能量。

四年前，我很幸运地得到一个可以畅游天地的时间和空间，大量接触植物，真正爱上植物，感受到深深的幸福。后来又很幸运地开始接触这些手艺人。慢慢地，身心发生巨大的蜕变，心之所念越来越少，身之所需也越来越少，知道自己适合什么，在什么地方能得到安顿。也许遇到他们是冥冥中的指引，是心之所向，直到内心的声音日益壮大、明晰，让自己清楚听见。

采写他们，是我做过的最安然、笃定的事，心手一致，没有一点拧巴，一心一意，心无旁骛。未来，愿能再遇见更多美好的手艺人，和读者分享他们身上流动的能量。

好幸福，除了这一句，再没有了。

楚君

采访如一的前夕，我刚好在读牛龙菲写的木心——他是植物性的，不是动物性的。他不是像狮子一样地咆哮，他不是这样。他是植物性的生长，慢慢长，慢慢长，最后长成一棵参天大树。

我懵懂，木心先生为什么不要入这个局？他躲了一辈子！

难得生而为人，不就是要和外面的世界用力地发生关系吗？纵然常常用力过度乱了分寸。

有很长的一段时间，我分不清“独善其身”这个词的好与坏。遇见如一，她告诉我，她可以和大自然对话，她看得出湖水的悲欣交集，她听得懂植物的喜怒哀乐，那一刻，我是相信的。她说过的那四个字“身勤心安”至今犹在我耳畔。

我豁然开朗，植物是有根的！动一动会痛，挪一挪会死。聆听沉默，观照自身，善守自我方寸便是与自己最好的和解，亦是善待了四周。

如一有一个很重要的品质，令人欣赏，她不声张，这一点也许是所有双手造物者的品性。双手造物者往往不会被封为“有才华”，他们下的多是笨功夫、寂寞功夫，有着这个势利的时代无从解开的才华。然而，造的虽是物，耗的却是真情，他们用一种很轻很轻的方式，表达了一种很重很重的信仰。

写字，也算是一种信仰吧，一样不是因为有才华，而是因为有感情。那些感情，多是烦恼，不是答案，可我还是宁愿字纸相惜。

见字如面，楚君祝好！

2017.12.23/1:19 于南京

祁十一

多年来一直在旅行。生活在别处就像刻在骨子里的一种基因，让我总是渴望上路，去陌生的城市，看未知的风景。

但永远在路上，也像一种瑰丽色的梦，迷人，却又无法完全企及。动荡、漂泊、躁动、不安，都只是生活的一面。

另一面，是安住、淡然、平静、沉心。它们亦是人生所需。所以看到青简的照片以及人生，自然而然地被吸引。她是那种过着双重生活的人吧。日常里是严肃而谨慎的医生，不能出一丝差错，否则便可能会有关乎性命的后果。

然而一旦摘下职业面具，她又变成了一个走遍大江南北、不断上路、不断追逐美的女子，像是一个十足的浪漫主义者。将严谨与浪漫如此结合的人，少见。将两种生活如此协同的人，少见。

密码都在她的照片里了吧，静谧，意蕴深长，色彩浅淡又明丽，线条犹如跳动的韵律，笼罩其上的优美氛围让人倾心。这是许多年的沉淀，才会拍出的照片，非一朝一夕所能达成。

成为医生，并未让她放弃这种与职业、与生存无关的、无用的事。

所有人心底深处，应该都有这样无用的冲动吧，我们需要做的，是给它一个出口，让它得以安放。那是在物质与生存之外，一种没那么紧迫，但如果缺失则必然会让人生少了根本性意义的东西。

人终究是追寻意义的动物。而意义，来自一次次的主动寻找、追求，以及安放。我的冲动，是隔一段时间便去别处看看，也是将所看、所思、所想，化为文字。如此刻所做。

十一

2017 年平安夜，于琅勃拉邦旅馆

息小徒

07

长于祖国西北，学于英国西北，现于北京生活。“息徒”这两个字源于“息徒兰圃，秣马华山”，嵇康写这两个字，意为休整步卒，拿它出来，是希望自己可以虽常行于途，心中可随时有兰圃可歇息。对于现在的自己，这个兰圃，是故事。

与莲羊的交谈几乎可以算作是一场奇遇，我着迷于每一个颜色的来历，青金石、绿松石、玉石、蚌壳、金银铜箔，也着迷于每一个她笔下的人物和故事，以及她对待每一幅画的态度。到最后我竟然相信，每每入夜，她家中的画、颜料、茶杯、酒碗，一切器具都会活过来，说话聊天。

采访快结束的时候，莲羊发了一张扎基拉姆画像过来，忽然间采访就停滞了。实在不是一个好的采访者，那一瞬间我语无伦次、张口结舌，不知该要继续问莲羊些什么。我就那样静静地看着那幅画。我认识画中的人，并且坚定地相信在我和那画中人之间，定有某种我所不知道的联系。万物有灵，造物的过程已经不是人赋予物以生命，而是物我两全，将时间注入，任其生长，与之相伴。

李菁

08

李菁，笔名吧啦，“80 后”湘西灵气女子。“有书”“十点读书”签约作者。艺术硕士，曾为大学教师，现为自由写作者、自由摄影师。2017 年重归故里——那个美丽的湘西浦市古镇，开了首家名为“遇见”的客栈。

已出版散文随笔集《见素》、短篇故事集《当茉遇见莉》、励志随笔集《你的人生终将闪耀》。

在这个快节奏的时代，许多人都想与自己的爱人过浪漫恬静的田园生活，但是很多人只是想想而已，并没有付诸行动，而湖北洪湖的阿狸与船长却实现了这个梦。

2017 年的初夏，我专程去胭脂水岸采访了这对农民夫妇，听他们讲故事，为他们拍下一张张照片。阿狸是朴素的，不施脂粉，可她透着一种清亮的美，让人着迷。白日里，她戴着斗笠在园子筑篱笆。傍晚，她抱着吉他在荷塘边弹唱。她懂得生活中既有油盐柴米，又有美好诗意。

船长每日凌晨三点就起来去鱼塘勤恳劳作，他不懂阿狸所挚爱的文学、音乐、绘画，可是他会用自己全部的心力去支持爱人做每一件让她感到快乐的事情。就像阿狸多年前梦想要拥有一个花园，船长便默默地帮着她一起圆梦。

如果有一天，你在洪湖看到这一片胭脂水岸，一定会惊艳它的美，但你一定也会感叹：爱情，真美！

新浪微博：作家李菁

公众号：遇见吧啦

清欢

09

长于乡间，热爱天地自然。

好读书，爱史，本科硕士均为史学。性木讷，不善言辩，唯求内心宁静，欢喜行路。

猎猎是一个热情豪爽的 85 后姑娘。在我浅薄的人生经历中，总觉得这样的年纪、这样的性格，应该是在万头攒动、火树银花之处热热闹闹地生活。而她，却选择了和爱人一起回归山间，做陶做茶，摒却外间浮华，只求内心的安宁丰盈。

随着接触的手艺人越来越多，发现猎猎并不是个例。原来现在有这么多年轻人不再追逐主流话语定义下的成功和标配人生，而是唯求这一生，真正地呼吸过，真正地生活过，见过真正的自己。于是很多人跟随内心的指引，选择了和一门手艺相伴，供养身心。有的人默默投身于苔藓的培植，有的人在山间烧制心爱的瓷器，还有的人醉心于团扇的修复和制作……他们用手艺养活自己，立于天地。而心有所寄，更让他们坚定无畏。

这样的人，让我觉得如山间的风，清洌、新鲜，总想多呼吸几口。也正是因有这样的人存在，让我对这个世界有更多期待。